JN097323

もう興味がないと
離婚された
令嬢の
意外と楽しい
新生活
Presented by
いずみ　きょう　か
和泉杏花
Illustration
さびのぶち

contents

もう興味がないと離婚された令嬢の意外と楽しい新生活

Presented by

和泉杏花（いずみきょうか）

Illustration

さびのぶち

プロローグ

「ヴェラ、もう君に興味がなくなった、離婚してくれ！」

まるで世間話でもするかのような軽い口調で、明るく裏のない笑みを浮かべた青年は私に向かってそう言い放った。

口ぶりの軽さと内容の深刻さの落差に呆然と彼を見つめる事しか出来ない私と、豪華な装飾の椅子に腰かけたまま嬉しさを隠しきれない様子の彼……この国の皇太子であり、私の夫でもあるカロル様は、青みの強いグレーの瞳を更に細めて笑みを深める。

短い金色の髪が窓からの光を反射してキラキラと輝いているのが妙に頭に残った。

「どういう、事でしょうか？」

聞き返す声が震える。たとえ政略結婚で愛のない結婚だったとしても、王族の離婚がこんなに軽く成立してしまって良いはずがない。私は話し合いもなく突然離婚されるような大きな問題を起こした事はないし、離婚される理由が思いつかなかった。

「ここにいる大臣の娘のエスタが夏の精霊の加護を受けたんだ。君と結婚している意味はもうないし、彼女と再婚する事にした！」

彼が視線を向ける先には満面の笑みを浮かべる大臣と、その後ろで嬉しそうに笑っている女性がいる。彼女が加護を受けた女性なのだろう。

本来ならば簡単に許されない王族の離婚も、精霊の加護が絡むのならば話は別だ。

「エスタが皇太子妃になれば国中が安定して豊かになる。お前はよく知っているだろう?」

そこでようやくカロル様は笑うのをやめ、呆れたと言わんばかりに眉根を寄せた。

「お前は何度言っても国のために動かないじゃないか。他国との交流会の主催も滅多にしないし、最近国に貢献した意見の中にはお前が提案したものは一つもないときた」

「それは……」

「言い訳はいらんぞ。お前が暮らしていけるように離縁金も出すから、しばらく城周辺には近づかないでくれ。エスタの不安になってもらっては困るんでな。どうしても入りたければ許可を取れ。ああ、お前も再婚したければ自由にしてくれていいからな!」

呆れ交じりの表情はそれでも笑みを形作っていて、彼が今の状況を喜んでいる事がわかる。

カロル様はもう決めてしまったのだ。もう彼が私の言葉を聞く事はない。今の彼にとって私は話を聞くに値しない程度の人間でしかなかった。

娘が皇太子妃になる喜びでにやにやと笑う大臣と、嬉しそうに微笑み合うカロル様とエスタという女性。カロル様は笑顔でいる事が多いが、ここまで嬉しそうな笑顔は久しぶりに見た。

「……わかり、ました。お世話になりました」

私以外が皆幸せそうに笑っている中、離婚は正式に決定する事になった。

第一章　雪降る町での始まり

はあ、と吐いたため息が真っ白に色付く。

薄暗い雪道は気を抜くと足を取られてしまいそうだ。歩く事にある程度集中しなければならないが、今の私にとっては余計な事を考えずに済むので、ある意味救いでもあった。

刺すような空気の冷たさに頬(ほお)が痛くなって、首に巻いていた厚手のストールに顔を埋める。

城下町では雪は降らないため、ここまで雪が積もった道を歩いた経験は少ない。公務で数度この町に視察に来た時くらいだ。

サクサクと雪を踏みしめながら、目的地へと歩を進める。

数日前に離婚を言い渡された私は、カロル様の城に近づくなという命令もあったが、元々家族仲が良くなかった事もあって実家に戻る事も許されなかった。


——せっかく王族に嫁いだというのに！　何のために産んだのかわからないわ！

——お前のせいで我が家ももうおしまいだ。だからもっとカロル様の言う通りに動けと言っていただろう。もうお前は娘でもなんでもない！　さっさと出て行って、二度と戻ってくるな！

離婚後に実家に戻った日の光景はまだ目に焼き付いている。泣き叫ぶ母と私に怒鳴りつける父、冷たい目で睨(にら)みつけてくる祖父母。

元々私は両親、そして祖父母ともあまり仲が良くはない。彼らは家の地位を上げる事に必死で、私の事もそのための道具としか見ていないのだ。せっかくの王家との繋(つな)がりを、道具である私が切ってしまった事が許せないのだろう。

外聞もあるので行き先もなく放り出されるような事はなかったが、私はもう一人きりだ。

再度吐いた息は変わらず真っ白で、足先も冷たくなってきて歩きにくい。

「早く家まで行かなきゃ。足が動かなくなりそうだわ」

カロル様からは数年は働かなくとも暮らせるほどの離縁金を渡された。彼の再婚の邪魔をしないように、そしてよけいな事は言わないように、という意味を込めてのこの金額なのだろう。

城に近づくなと何度か念押しもされたが、言われなくとももう近づく気はない。

黙々と雪道を歩き続けて足先の感覚がなくなってきた頃、ようやく目的地である一軒の家の前へたどり着いた。

見上げるほどに大きく広い家だ。

実家が管理していたこの家、ここをそのままやるから二度と家に帰ってくるな、という両親の言葉だけ聞けばまだ恵まれているほうだろう。もっともこの家は、管理とは名ばかりで長年放置されていたため、大穴が開いていないだけ良しと思えるほどには荒れているのだが。

「……懐かしいな」

ここは、私の曾祖父母が住んでいた家だ。

暖色の煉瓦と白い石材を使って造られた三階建ての家、というよりも屋敷と言ったほうが良い大きさかもしれない。今は大量の雪が積もっているが、淡いオレンジ色の屋根は暖かさを感じる事が出来て、幼い頃は大好きだった。

「色々壊れてるわね……直せるかしら？」

記憶の中とは違い、家を囲むように作られた煉瓦の塀は所々崩れていて、門の部分の花を模したデザインの鉄柵も少し歪んでいる。

庭も屋根のない部分は雪で覆われてしまい、整っていたはずの煉瓦道も見えなかったけれど、思い出の中の暖かさは残ったままだ。

「ただいま、曾お爺様、曾お婆様」

まだ本当に幼かった頃、曾祖父母が生きていて私が王家に嫁ぐ事が決まっていなかった頃はよく訪れていたこの家。曾祖父たちが亡くなってからはずっと放置されていたが、建てかたが良かったのか、家自体には小さな穴やヒビはあれど、崩れてしまうような大きな破損は見られない。汚れた窓やクモの巣などは目に付くけれど。

雪で冷えた両手をこすり合わせ、そっと門を開ける。キイイ、と鈍い嫌な音が響いたが、今は気にしない事にして玄関へと向かう。門自体も少しずれているのか、開け閉めするには少し力が必要だった。

家の鍵を開けて、土や雪で汚れたドアノブを摑(つか)んでゆっくりと扉を開ける。

視界に映る光景に、ほう、と息を吐きだした。懐かしい、本当に。

「確かこっちにランプがあったはず……埃(ほこり)だらけね」

雪が降っているため昼間でも薄暗い家の中を見まわし、遠い記憶を頼りに見つけたランプに火を灯(とも)す。ドアノブやランプに触れた手袋は黒く汚れてしまった。玄関ホールも全体的に埃を被っており、おそらくすべての部屋がこんな感じなのだろうと想像出来る。

両親に供をつける事を許されなかったので、私はこの家を一人で綺麗にしなければならない。

そんな私の状況を知って、お城で働いていた方々が最低限生活に必要な物をあらかじめ運んで下さった。それらが入っている木箱が玄関を入ってすぐの所に積んであるのを見て、別れを惜しんでくれた彼らへの感謝が湧き上がる。

「みんな、ありがとう。ごめんなさい」

ずっと私付きで世話をしてくれたメイド達、様々な事を教えて下さった先生方、食が細くなった時にすぐに気づいて様子を見に来てくれた料理人達。たくさんお世話になったけれど、私はそれに見合ったものを彼らに返せたのだろうか。

「……暖炉に火を入れないと。とりあえず居間に行こうかな」

おぼろげな記憶を辿りながらいくつかの部屋を通り過ぎ、居間を見つけて扉を開ける。ここも埃や蜘蛛の巣以外は記憶の中のままだ。

　懐かしさを感じながらも埃っぽさに咳き込み、暖炉の埃を払ってから火を点ける。

「片付けも掃除も相当時間がかかりそう。雪も何とかしないといけないし」

　この家が建つのはこの国で唯一雪が止む事がない町だ。町の外れにあるこの家でも常に雪が積もっているので、暖炉がなければ凍え死んでしまう。

「今日は雪が強くなくて良かったわ」

　寒い事には変わりはないけれど、猛吹雪が続く事も珍しくないこの町で、問題なく長い距離を歩けたのは幸運だった。

　暗い部屋に暖炉のオレンジ色の光が揺らめいたところで、首に巻いていたストールや雪除けのマントを外し、思いっきりため息を吐いてから埃っぽい椅子に深く腰掛ける。

　空に舞う埃を見て、どうしたものかと途方に暮れた。

　ソファの傍にある曇った窓には暗い顔の自分が映っている。曾祖父がよく春の空と同じ色だと褒めてくれた空色の目は自分でもお気に入りだったけれど、今は窓が汚れているせいか、それとも私の心中のせいか曇り空のように見えた。

　腰まである薄い桃色の髪もストールの中に仕舞っていたせいで乱れていて、元々緩くウェーブが掛かっていた事もあってぐちゃぐちゃになってしまっている。もう私は大人だけれど、もしもここに曾祖母がいたら、幼い頃のように苦笑しながら櫛で梳いてくれたのだろうか。

背もたれに寄りかかって、天井の照明に張った蜘蛛の巣をぼんやりと見上げる。

じわりと視界が滲んだ。

「結局、駄目だったなあ……」

涙を零すのも声が震えるのも何かに負けたような気がして、唇をぎゅっと引き結んで耐える。カロル様との結婚が決まってから私が必死に頑張ってきた事は、彼にも家族にも一切評価される事なく終わりを迎えたのだ。

……幼い頃から人前に立つのが苦手だった。

大勢の人がいる前で何かを発表したり、人を押しのけてでも自分の意見を通したりするなんて、想像するだけでも胃がキリキリと痛む。

けれど王家に嫁ぐ以上『嫌だ』では済まされない。

私の一挙一動が国へ大きく影響し、決断一つが国民の命にかかわってくる事もある、皇太子妃ならもっと目に見える成果を出せという周囲からの圧も凄まじく、気が安らぐ瞬間なんてほとんどなかった。

王家に嫁ぐ事が決まったのは年齢が一桁の頃だったが、そこからはひたすら皇太子妃になるための知識を頭に詰め込む日々。どれだけ勉強しても不安は消えず、人前に立つのが苦手な事も変わらない。

カロル様は、国のために前へ立ち努力する事を求めるかただ。彼自身も人に求めるだけでなく多くの事をこなしていたし、むしろ彼が一番国のためにと動き回っている。

　人前が苦手な私が皇太子妃としてやってこられたのは間違いなく彼のおかげだが、だからといって私の苦手意識が消えるわけでもなく、やはり必要のない時に他人を押しのけてまで前へ出る気にはなれなかった。

　必要な時以外は一歩下がって夫の補助に努めるようなやりかたは、他の国では問題なくてもこの国では評価されない。

「曾(ひい)お爺様(じいさま)、曾(ひい)お婆様(ばあさま)。私、帰ってきてしまったわ。曾お爺様と同じ、精霊の加護を持つ女性が見つかったの。私は……もう必要ないんだって」

　誰もいない部屋で、曾祖父母(そうそふぼ)に語り掛けるような気分で言葉を発する。

　この世界には四季の精霊、と呼ばれる存在がいる。精霊は春夏秋冬、それぞれの季節を司(つかさど)る四人の精霊王達のもとで生きており、私達人間にはない大きな力を持っていた。

　そして彼らは時折、気に入った人間に気まぐれで加護を与えるのだ。

　加護を受けた人間はそれぞれの季節を象徴するような力を得る事が出来、その精霊の力の強さによっては周囲にまで加護の力が影響を及ぼす事もあった。

　そして加護を受けた人間が王家にいると、加護の効果はその国中に広がるのだ。エスタ様のように夏の精霊の加護を受ければ太陽の日差しに困る事はなく、寒さに悩む事もなくなる。

　……精霊は自分が加護を与えた相手の伴侶(はんりょ)が、別の人間を愛する事を認めない。

王族であっても加護を持つ相手と結婚する場合は、一夫一妻でなければならなかった。エスタ様を妻に迎えて加護の力を国中に巡らせるためには、私という別の妻がいてはならない。

「知っているだろう、なんて。知っているに決まっているわ」

カロル様が言っていた通り、私は精霊の加護についてよく知っている。

まだ私が幼かった頃、この国はそれなりに裕福だった。

この家の持ち主だった曾祖父が春の精霊に加護を貰ったからだ。曾祖父がいるだけで周囲は春の陽気に包まれ、花が咲き乱れ、作物の育ちも良くなる。

曾祖父は曾祖母を深く愛していたため、持ち掛けられた王家の人間との再婚を拒み、その代わりに広い領地を治め、加護で出来た作物等を多く王家に納める事で高い地位を得ていた。

私と王家の婚姻が決まったのも、曾祖父の身内が王族になれば多少は加護の効果を得られるかもしれない、と考えられたからだ。

変わり者と有名だった曾祖父。生前は旅をする事が大好きで世界中を飛び回り、晩年は曾祖母と一緒に国の僻地（へきち）にあるこの家で暮らしていた。

しかし曾祖父が亡くなった今、この国にその加護の恩恵は残っていない。

曾祖父がいなくなり、加護の範囲を広げる目的で与えられていた分の領地を返還するよう求められた両親達はひどく焦っていた。それを取り戻したいと願っていたのに、唯一の望みだった私がこんな状態だったので、よけいに私が憎いのだろう。

そしてカロル様は、国をその頃のような豊かな状態に戻そうと必死なのだ。

カロル様は病気で寝込んでいる現王の代わりにすでに王としての仕事もこなしており、後は即位の日を待つばかり。いつも明るく笑って、自分の負担を表に出さず、それでいて誰よりも国の事を考えている彼。

けれどそんな彼のために私が自分なりに必死にやってきた事は、何一つとして評価されていなかった。

そもそも皆がカロル様に評価されようと前に出るため、裏方の目立たない仕事を進んでやる人間がほとんどいない。だからこそ皇太子妃という固定された立場で出世欲もない私は、他のかたが前に出て頑張っている分、大量にある裏方の仕事を一手に引き受けていたのだ。

苦手なりにも前に出なければならない時は必死にこなし、睡眠時間を削って知識を詰め込んで、目立たない仕事で滞(とどこお)っているものがあれば対応し……結果、今の私には何も残っていない。

「ねえ曾(ひい)お爺様(じいさま)、私が必死にまとめてきた資料、必要ないんだって。仕事の時に使っていた物も処分されてしまったわ。まるで私が城にいた形跡すら残したくないみたい」

私が幼い頃から努力してきた結果は、もう不要だからとほとんど廃棄されてしまった。今まで生きてきた私の時間ごと全部処分されてしまった気分だ。

離縁金だって、多めの金銭を渡す事で王家に対して妙な逆恨みをさせないための措置でしかなく、私の努力への評価は欠片(かけら)も含まれていない。

カロル様や重鎮以外の城の方々からは仕事がやりやすくなったと言われていたのに……結局自分のやった事はカロル様にとって意味のない、評価に値しない事だったようだ。

前に出るのが向いていない分を補うために必死に勉強し、揉め事の仲介をして、仕事部屋の環境も整えて。カロル様が前に出る分、見落としがちになってしまう城で働く人達からの声を聞いて、他の人間が出した政策案の改善点を見つけて修正し……色々と気遣ってきた私の時間は何だったのだろう。ここまで役立たず扱いされているとは思わなかった。

言いたい事は色々あったし、もちろん反論したい事もあったけれど、それを聞き入れてもらえない事も、言っても仕方がない事だともわかっている。

カロル様が不要だと言った以上、私の小さな反論など声に出す事すら許されないのだ。

彼と婚約した日の事を思い出し、少しだけ目を伏せた。

鼻の奥がツンとして、天井を向いて目を腕で覆い隠して、泣くものかと必死に堪える。

「結婚って、もっと良いものだと思っていたわ。曾お爺様達みたいに幸せで満たされていると思っていたのに、想像とは全然違っていたの」

カロル様は、自分の思うように動かない私に妻として触れようとはしなかった。結婚前も後も、同じ部屋で夜を過ごした事は一度もない。

それを知った実家は家のために動け、次期王になる跡継ぎを産め、と私を急かし続けた。それでも動かず、離婚された私を憎んでいる。私が何度言われても実家の地位を上げるようにカロル様に進言しなかった、という理由もあるだろうが。

「これからどうしよう？　私、何をしたらいいの？」

婚約が決まってからは勉強漬けで、娯楽の記憶は幼少期にこの家で曾祖父母に遊んでもらった事くらいだ。仕事と勉強以外に何か出来る時間もなく、それ以外に興味を向ける余裕もなかったので、皇太子妃という立場がなくなった今は未来がまったく想像出来ない。

「あの頃は楽しかったな」

腕を下ろして天井を見つめる。この天井がまだ綺麗だった頃、曾祖父達と笑っていた時の思い出が私にとって唯一の幸せな記憶だった。

世界中の珍しい本や調度品などを自慢げに私に見せてくれた曾祖父の笑顔、そこで覚えてきた料理を私に説明しながら作ってくれた曾祖母。興味津々で色々と聞き続ける私に、二人は本当に楽しそうにたくさんの事を教えてくれた。

はあ、とため息を吐いて、舞い上がった埃で思いっきり咳き込んだ。視界が滲むのは咳のせいか、それとも堪えていた涙が溢れたのか。どちらにせよ、このままでは眠る事すら出来ない。

「……掃除しなきゃ」

ため息が止まらないが、そのため息を吐きだすたびに埃が舞い上がるのだからもうどうしようもない。未来は見えないが、唯一片付けなければならない事だけはわかる。

掃除道具をかき集めて居間の窓を開けると、寒い空気が流れ込んできた。早く掃除を終えなければ凍えてしまう。

埃を叩き落とし、落ちた埃を掃いてまとめ、濡れた布巾で必要最低限の場所を拭き、と急いで体を動かす。この部屋が終わったら寝室に出来そうな部屋を探してそこを片付け、後は風呂場も綺麗にしておきたい。残りは明日から徐々にやっていくしかないだろう。

黙々と掃除を続けていくと、ふと棚の中にある箱に視線が吸い寄せられた。美しい細工の木箱は、以前曾祖父が自慢気に見せてくれた物の一つだ。

「仕掛け箱、だったかしら」

異国で買ったのだというその箱は、全体に施された仕掛けを手順通りに動かさなければ開けられないという複雑な造りをした箱だった。この仕掛け箱を大層気に入った曾祖父は様々なデザインや大きさの箱を集め、中にお菓子やおもちゃを入れて屋敷内に隠し、私に宝探しや謎解きだと言って見つけさせては開けさせていた。

「これ、この箱、結局開けられなかったのよね」

曾祖父に開かないと泣きついた記憶があるが、結局どうなったのだったか。自力で開けられなかった事は覚えているけれど、今なら開けられるかもしれないし後で挑戦してみようか。

なんとなく周囲を見回すと傾いた絵画が目に入ったので、かけ直しておこうと手を伸ばす。

「あれ？　そういえばこの絵にも何かあった気が……」

上手く見れば別の絵が見えるのだと曾祖父が言っていた気がするが、少しの間絵を見つめ続けてもよくわからないままだ。

「掃除！」

いけない、どうにも気が散ってしまうが掃除の手が止まるのはまずい。急いで居間の掃除を終えて廊下に出て、たくさん並ぶドアの数にどうしたものかと少し悩んだ。

とりあえず端から開けていく事にして近くの部屋の中を覗（のぞ）いて、言葉を失う。

部屋の惨状に冷や汗が流れる。埃（ほこり）もすごいが、それ以上に各部屋に所狭しと積まれ、飾られた異国の品々や本の多さに驚く。

「え、これ、もしかして全部の部屋がこんな感じなの？」

これは……両親が管理を諦めた理由もわかる気がする。どのくらいの価値の物なのか、どうやって処分したらいいのか、そもそも捨てても良い物なのか。何もかもがわからないし、調べるにも相当な時間がかかる。地位を上げるために時間を費やしたい祖父母や両親は、この家から目を逸（そ）らして見なかった事にしたのだろう。

そこに大量の埃が積もり余計にどうしようもなくなっているこの現状、私は一人でいったいどうしたらいいのだろうか？

いくつかの部屋を開け、どの部屋も似た状況である事を確認して意識が遠のいていく。

しかし、次に開けた部屋は少し様子が違っていた。

「……凄（すご）い」

どうやら曾祖父の書庫の一つのようだ。部屋中に並ぶ埃を被った本棚には、様々な国の言葉で書かれた本がみっちりと詰まっている。

そうだ、ここは子どもの頃の私にとって不思議が詰まった部屋だった。知らない言葉で書かれた本をスラスラと読む曾祖父が本当に素敵だったのを、今でも覚えている。

「いつか私も読めるようになる、って曾お爺様に宣言したのよね」

じわじわと湧き上がってくる優しい思い出が、先ほどまで感じていた苦しさを覆い隠していく。そっと手を伸ばして、一冊の本を棚から出してみる。

少し離れた国の言葉で書かれた本は子どもの頃は暗号にしか見えなくて、けれど今は……。

「これ、童話だったのね。こっちは画集で、これは動物の図鑑」

外交のために死ぬ気で頭に詰め込んだ各国の言語は、もう外交の必要がなくなった今でも役に立ってくれるらしい。部屋の本棚を見まわして、背表紙に書かれた文字の大半を読みとれるようになった事に気付いて苦笑する。今の私を見たら曾祖父達は褒めてくれただろうか？

「……そっか。私、もう自由なのね」

私にはもう褒めてくれる家族も責めてくる家族もいない。邪魔だと追い出され、同じように邪魔だからと放置されていたこの家で一人きり。痛む胃を押さえて人前に立つ事もなく、死ぬ気で知識を詰め込む必要もない。自分の一挙一動が国民の命にかかわる事もなくなった。

その内仕事を探さなければならないとはいえ、ある程度時間が経つまでは私から動かないほうが良い状況だ。どうせなら今まで出来なかった娯楽を楽しんでみようか。

ふふ、とこの家に来てから、いや、離婚を宣言された時から初めて自然に笑みが浮かんだ。

この家の物はすべて私の物になったのだし、幼い頃の思い出を辿るように、この家にある様々な品物の謎を解いてみてもいいかもしれない。

幼い頃は好きだった勉強を、自分のペースで誰にも押し付けられずに楽しめるかもしれない。

この部屋にある本だけでもすべて読むには相当の年月がかかるだろうし、あの仕掛け箱のような品々もこの家には大量に眠っているのだから。

「そう、そうよね」

離婚されたという事実はもう変わらず、覆(くつがえ)される事はない。私はこの家で一人、皇太子に離婚されて追い出されたという立場のまま生きていかなければならない。だがそれは、もう二度と王族としてあの重圧と戦わなくてもいいという事だ。

悲しみは確かにあるが、それを超える解放感で思いっきり息を吐きだした。

「っけほっ！　掃除しなきゃ」

せっかく感じた解放感が埃(ほこり)のせいで台なしだ。

この大量の本も一冊一冊埃を払わなければならないが、それをすれば床が汚れ、私も埃を被る。そして私が移動するとその先の場所が汚れ、そこを掃除すればまた別の場所が……。

「お風呂から綺麗にしよう」

これからは一人で生きていかなければならないのだから、後ろを見ている余裕などない。

皇太子妃という重圧から解放された事を実感したからか、なんだか思考が前向きになってきた。先行きはまったくと言って良いほど見えないのに、城にいた時よりもずっと気が楽だ。

よし、と気合を入れてから、掃除をするべく風呂場へと向かった。

「……とりあえず一段落ついたわ。今日は何とか眠れそう」

掃除を終えて荷物の入った木箱をすべて居間に運び、何とかお風呂に入る事も出来た。

どっと疲れたが、達成感に包まれている。

綺麗にしたロッキングチェアでしばらく揺れてぼんやりしていたが、寝るためには木箱の山の中から布団を出さなければならない。少しの億劫さを感じながらも立ち上がる。箱には中に入っている物や送り主の名前などを書いた紙が貼ってあった。

「これ、あの子の字だわ」

新人として入ってきたメイドの女の子。初めて会った日に震えるほど緊張していたのが他人事とは思えず、気にかけていたらとても慕ってくれて……最後まで別れを惜しんでくれたあの子ともう会う事はないのだろう。優秀な子だし、新しい所でも可愛がってもらえるはずだ。

寂しさと申し訳なさを感じながらあの子が書いてくれた仕分けの紙を見つめ、布団を見つけ出して今日の寝床であるソファの上に置く。

「水回りも問題なかったし、使えそうなベッドもあって良かったわ」

ほとんどの部屋は物で溢れていたが、客室として使っていたいくつかの部屋は物が少なくて綺麗だった。その中の一つである大きな天窓のある部屋を気に入ったので、明日はその部屋に残されたベッドごと綺麗にする予定だ。ベッドは頑丈な造りでまだまだ使えそうだったし、机や棚などの家具も問題なさそうだったので、曾祖父達が良い物を集めていたのだろう。

「まだ寝るまで時間はあるし、木箱の中身も整理しようかしら」

箱の中には服や食器、文具等、日常の小さな備品も揃っていて、食料も日持ちする物が大量に詰め込まれている。しばらくは買い足さずに生活出来るだろう。

「あら？　これ、私の物じゃないわ。こっちも……」

箱の中には私が城で使っていた物ではなく、新品の物がいくつか入っている。『ヴェラ様へ』と書かれた箱にまとめて入っていたので、それらが城の方々からの贈り物だとわかった。

「みんな……ありがとう」

贈り物はこれからの生活に必要になるであろう物ばかりだ。一つも被っていないところを見ると、みんなで相談して買ってくれたのだろう。もう直接お礼を言う事も出来ないのに、たくさんの人に気遣われてしまった。

「いつか、お礼を言えたらいいのに」

カロル様が再婚して数年経てばその機会もやってくるだろうか。もう二度と城に近づく事なんてないと思っていたけれど、いつか彼らにお礼は言いに行きたい。

頂いた物を大切に仕分け、順調に整理を終え、残すは小さな箱が二つと大きな箱が一つだけだ。この三つには仕分けの紙が貼っていないので中身がわからない。

試しに小さな箱を開けてみると、紙で包まれた何かがたくさん入っていた。

「これは、花の種？」

思い浮かぶのは城の庭を整えていた庭師のかただ。穏やかな初老の男性で、カロル様が幼い頃から城で働いている。カロル様も彼には懐いており、たまに会いに行っていた。

婚約してすぐにカロル様に彼を紹介してもらったのだが、カロル様が彼の事をじいや、じいやと頻繁（ひんぱん）に呼ぶので私にもそれがうつってしまい……ある日当たり前のようにじいや、と呼んでしまって焦った事がある。彼はなんて事のないように笑って「おや、どうしました？」と聞き返してくれた。あれ以来、私も彼の事をじいやと呼ばせてもらっている。

じいやの整える庭は素晴らしく、私も時折庭を見に行っては数分だけ彼と言葉を交わしたものだ。彼の手入れを見ながら花の世話のやりかたや畑の作りかたを聞いて……今思えば、あの時間は唯一城で私が気を抜けて、安心して笑える時間だったかもしれない。

「じいやの庭も、もう見られないのね」

種が包まれた紙には、種の種類と育てかたが簡単にまとめられて書いてあった。雪に埋もれたこの町でも、庭仕事をした事がない私でも、花を咲かせる事は出来るだろうか。

実は少し興味があった庭仕事も、これからは自由に手を出す事が出来る。

短い期間で出来る野菜の種なんかも入っていて、彼からの気遣いを感じて嬉しくなった。

「あら……？」

種を一つずつ確認して外に出していくと、箱の底には封筒が一枚入っていた。中には数枚の紙が入っているようで、ゆっくりと取り出して開いてみる。

一枚目の便せんには、じいやの字で一言だけ、私宛てのメッセージが書かれていた。

『あなたが幸福でありますように』

じわ、と視界が滲む。手が震えて、持っていたその短い手紙にも震えが伝わって……紙に水の染みがぽつぽつと出来ていく。

「う……」

ぼたぼたと流れる涙が止まらない。一方的に、そして強制的に何もかもが決まって、全部全部なくなった気がしていた。けれど最後まで私を気遣ってくれた人もいたし、荷物を届けてくれた人も贈り物をくれた人達もいる。こうして私の幸せを願ってくれる人がいる。

過去の努力は意味のないものになってしまったけれど、繋がった縁は確かに結ばれたままだ。

「幸せに……そうね。ここからはもう、私の好きに生きていいんだもの」

背負っていた重荷はすべてなくなり、ここを進めと言われた道ももうない。

幸せを願ってくれる人がいるのだから、遠慮なく私は幸せになろう。

暖かい気持ちに包まれて、涙は自然におさまった。封筒の中の他の便せんには花の種類や育てかたがさらに細かく記載されており、これを見ながらなら私でも花のお世話が出来そうだ。

頰に残った涙をぬぐって、暗い気持ちを吹き飛ばすような威力を持ったその手紙をそっと机の上に置いた。この手紙はずっと大切に取っておこう。

残る二つの箱の内の大きなほうは苗がたくさん入っていたので、植えるのが楽しみだ。

「これが最後ね、何かしら？」

最後の箱は積まれていた箱の中でも一番小さく、とても軽い物だった。

生活に必要な物はもうほとんど揃っているし、と考えながら箱を開けると、中にはたくさんの手紙が詰まっていた。

「これ、あの子からの……」

一番上にはあのメイドの子の字で『ヴェラ様へ』と書かれている。また震え始めた手で手紙を開くと、彼女からの感謝の言葉と無事を祈る言葉が何枚にもわたって書かれていた。またお会いしたいです、と締められた手紙を見て、涙が戻ってきてしまう。

「これは先生から、こっちは調理場の方々から。部屋の警護の兵士さんからも……」

箱に詰まっている手紙はすべて私が城でかかわった人達からで、役職に就かずとも城を支え続けてくれている方々からの物だった。どの手紙にもお礼と幸福を願う言葉が書かれている。

城にいた間も彼らにずっと助けられてきたのに、最後の最後まで彼らは私を助けてくれた。

一枚一枚じっくり読んで、彼らの顔を一人一人思い出す。

読み終えたすべての手紙を大切にまとめ、じいやの手紙と一緒に置いた。

「手紙を仕舞う箱、大きい物を探さないと」

いくつか見つけた仕掛け箱には美しいデザインの物が多かったし、あの中からちょうどいい大きさの物を探そう。ふわふわと温かい気持ちのままソファに横になって、布団を被る。

「明日、どうしよう。何をしようかな？」

ここに来たばかりの時の未来が何も見えず何をしたらいいのかわからない不安とは違い、やりたい事や、やるべき事が見えてきた事で何から手を付けようか悩んでしまう。

寝室以外の場所はゆっくり片付ける事にして、あの種を植えてみようか。

この家には中庭があったし、家の前にも屋根の下で雪を被っていない花壇があった。常に大雪だと聞いてはいたが、この家が町のはずれにあるせいか今日はたいして降っていないし、窓を開けて作業してもそこまで凍える事はなかったので、もしかしたら花が育つかもしれない。寒さに強い花ばかりのようだったし、毎日の楽しみが出来た。

「もう、大丈夫」

暗い気持ちを抱えるのは今日で終わりだ。誰もいない部屋で一人、おやすみなさいと呟いて目を閉じた。

第二章　冬の王との出会い

初めて来た日から日数が経過し、すっかり慣れた曾祖父(そうそふ)の家、いや、私の新しい家での生活は何とか形になってきた。生活のために必要な部屋と、その部屋を繋(つな)ぐ廊下の掃除は大体終わり、初日と比べるとずいぶん綺麗になっている……大量にある部屋の中の、大量の異国の品々と、そこに大量に積もった埃(ほこり)からは目を逸(そ)らしているけれど。

ごちゃーっ、という表現がぴったりなたくさんの部屋は、もう年単位で片付けていくしかない。使う必要が出てきた時に掃除しよう。

「妥協も大切よね。私しかいないのだし」

鼻歌を歌いながら、中庭で摘んできた花を花瓶(かびん)に生ける。

あの日貰った種や苗をさっそく植えてみたのだが、中庭と玄関前で綺麗な花をたくさん咲かせてくれた。こんなにも成長が早いのかと驚いたが、説明書には咲くまでの期間が短いと書いてあったのでこんなものなのかもしれない。じいやは自分で植物を掛け合わせて新しい品種を作っていたから、この花々はこれが普通なのだろう。

花の世話も野菜の世話も楽しい。

初めて土から小さな芽が出てきた時は本当に嬉(うれ)しかった。

屋敷で目に付いた本を手に取って読むのも、意味の分からない絵画の秘密を探ろうと見つめ続けるのも楽しい。

あの日泣いたのを最後に、私の心はちゃんと前を向いたようだ。

雪に映える赤い花を生けた花瓶を居間のテーブルに載せて微笑む。

まだまだ花はあるから栞にでもしてみようか。今は白い紙をはさんでいるだけなので味気ないし……そんな事を考えながら読みかけの本を手に取る。ロッキングチェアに腰かけて時折揺らしながらの読書の時間は、私にとってすっかりお気に入りの時間になっていた。

仕掛け箱は別の種類の物が何十個も積んであるのを見つけてしまったし、そのほとんどを開ける事が出来ていない。

曾祖母が趣味で描いていた絵も見つけたので、私も色々描いてみようと練習中だ。

こんなにもやりたい事があって、時間もたっぷりとある。

私の一日は今、本当に充実していた。

ある程度読書を終えたところで、また庭に出て花の世話を再開する事にした。

「今は花の世話が一番好きかも……あ、こっちも芽が出てる」

色々な事が楽しいけれど、今私が夢中になっているのはこれだ。

世話をした分だけ花は綺麗に咲くし、自分の思うやりかたで気長に作業が出来る。成果が花という目に見える形で出てくる分、楽しさが増していた。思った通りの花が咲くと嬉しいし、全然違う花が咲いてもそれはそれで楽しいので飽きる気配がまるでない。

「いっそ花屋にでもなろうかしら」

冗談のつもりで呟いたが、頭の中ではすでにそのためにはどうしたらいいのだろうか、なんて考え始めている。

王家に嫁ぐと決定してから考える必要すらなかった将来の夢。王家から離縁された身なので色々と難しい事も多いが、それでも夢が出来た時に、そこへ向けて進むという選択肢は出来た。

「大勢の前に出るのは苦手だけど、小さな店で花を売るのは楽しそう」

この家に来てから、物事を前向きに考えられるようになった気がする。

花の世話をしながらじわじわと移動して、最後に玄関近くの花壇を整えていく。雪が多いので水をやりすぎるのは厳禁だと説明書には書かれていたけれど、ここは雪が止まない地だと聞いていたのに思っていたよりも降らない。たまに降った時はそれなりに積もる上に一日中快晴の日はないけれど、町中と違ってわずかに晴れ間が見える時もある。

花の種類や説明書を見ながら、水をやったり剪定したりと試行錯誤の日々だ。

抱えた花を見つめながらどう飾ろうか悩んでいると、足元にふっと影がかかる。

慌てて顔を上げて影を辿ると、家の前の道に一人の若い男性が立っていた。

私の足元まで伸びている影は彼のものだったようだが、少しだけ出ていた晴れ間が消えて雪

がちらつき始めた事で、影はすぐに消えてしまう。

「こんにちは」

「っ、あ、ああ」

誰だろう、と思いながら笑顔で挨拶をすると、すぐに戸惑ったような返事が戻って来る。

雪除けのフードから覗く銀色の短髪、同じ色の瞳からは少し冷たい印象を受けた。

あまり感情で表情が変わらない人なのか、無表情にも見える。

それにしてもずいぶん厚着の人だ。雪国なので寒くはあるのだが、そうだとしてもマントや手袋等、身に着けているすべてが分厚く、一見しただけでも防寒性に優れているのがわかる。

寒がりなのかしら？　と思ったところで彼の正体に予想がついて一瞬体が強張った。

「そう、もうそんなに経つのね」

思わず呟いてしまい、苦笑する。

国を出される時、一月程したらこの町を治めている城から様子見の人間が派遣されると言われていた。様子見といえば聞こえはいいが、要は私が王家に恨みを持っていないか、妙な計画を立てていないかの確認でしかない。

私がこの家に来てもう一か月以上経つ、彼がその使者なのだろう。

「お城のかたですか？」

「……ああ」

「わかりました。玄関のほうへどうぞ」

花を抱えたまま玄関へ向かい、扉を開けて男性を招き入れると、彼は一瞬戸惑った後に家の中へ足を踏み入れた。

「あまり片付いておらず申し訳ありません」

玄関周りはある程度整えたものの、生活空間の掃除を優先していたせいで今も埃やがらくた等が隅に溜まっている。もう少し片付けておくべきだった。

反省しながら一言謝ったが、彼は目を見開いて天井を見上げていた。

蜘蛛の巣は払ったはずだけれど、驚くような巨大な巣でも残っていたのだろうか。慌てて彼が見ている所を見上げてみるが、そこには何もない。

不思議に思って彼を見ると、視線は天井ではなく空を彷徨っていた。

「あの……？」

「暖かい」

かすかに聞こえた彼の呟きは、思わず口をついて出たような、小さく震えた声だった。

暖かい？　ここが？

確かに雪の降る外よりは暖かいが、玄関ホールは暖炉もないし、それなりの広さもあるのでそこまで驚くような暖かさは感じない。やはり寒がりな人なのだろうか。

「あの、居間のほうには暖炉が点いていますから、よろしければそちらに」

「あ、ああ。すまない。邪魔をする」

もしかして、それなりの地位にいるかたなのだろうか。彼の口調から少なくとも一般の兵士ではないだろうと予想しながら居間へと案内する。所々に飾ってある花瓶の一つ一つをじっと見つめながら進む彼への違和感が強くなるが、特に何かを聞かれる事もなく、無言のまま居間へとたどり着いた。

居間の扉を開けると、暖炉で温められた室内の空気に包まれる。

「……暖かい」

「え、ええ。ずっと暖炉に火を入れていますから」

男性は居間に足を踏み入れたと同時に、また同じ言葉を呟いて天井を見つめた。暖かさを噛みしめているようにも見える。一瞬揺れた瞳にもしや泣くのではと焦ったが、彼はすぐに表情を消して私に向き直った。

彼をソファに促し、紅茶を二人分淹れる。城の方々に頂いた茶葉には淹れかたの説明書が添えられていたので、自分の知識で淹れていた時よりもずっと美味しく淹れられるようになった。料理や掃除などの細かい家事もそうだ。世話をしてもらう側だった私が今一人で暮らしていけているのは、彼らが細かくやりかたを書いた紙を添えてくれていたからに他ならない。

「どうぞ」

「供はいないのか?」

「ええ。私一人です」

「だが、この家の状況では……」

「掃除や片付けでしたら私が一人で進めております。行き届いておらず申し訳ありません」

「いや、それは仕方がないだろう。まさか一人とは思わなかった」

どうやら私が一人で来た事は知らされていないようだ。追放はカロル様の命令だけれど、供を付ける事を許さなかったのは私の家族なので、知られていないのも仕方がない。

男性とテーブルを挟み正面に腰かけると、一瞬の間の後に彼は大きくため息を吐いた。

「色々と聞きたい事もあるが、まずは一つ」

彼が一枚の紙をテーブルの上に広げる。私の様子を見に行くという書状で、王家の紋章が入った正式な物だ。

「君はここに一人だと言ったな。ならばこういった書状を確認せずに、見知らぬ人間を家に通すのは感心しない。こちらから名乗るのを待つでもなく、自己判断でこちらの立場と用件を想像して動いては、身に危険が及ぶぞ」

「あ……」

さあーっ、と血の気が引いたのが自分でもわかる。

そうだ、どうして私は確認しなかったのだろう。見知らぬ人間の名前も聞かずに、そしてこの書状が掲示される事もわかっていたのに、確認すらせずに家にあげてしまった。

ただでさえ元王族という立場があるのに護衛がいない状況だ。今は夏の精霊の加護を得たエスタ様に注目が集まっているけれど、私も利用価値があると判断されてもおかしくない立場ではある。それはずっと、それこそ皇太子妃になった時から自覚していたはずなのに、先ほどの私は何も意識していなかった。

彼の言う通りだ。女一人で暮らしているので戸締まりには気を使っていたが、自分で家に通してしまっては何の意味もない。

「今回は確かに君の思う用件だったかもしれないが、次からはしっかり確認する事だ」

「はい、ありがとうございます」

ため息交じりの忠告は、私にとっては本当にありがたいものだった。気を抜いていたつもりはなかったのにこの体たらく。まだ離婚の衝撃や悲しさが抜けていなかったのかもしれない。

「(ああ、そうか)」

私は結局、新しい生活を楽しみながらも、心のどこかで自暴自棄になっていたのだ。

駄目だなあ、と少し悲しくなるけれど、前向きに生きていくと決めたのだから、ちゃんと現実と未来を見て生きていかなければ。

そう心に誓ったのと、目の前に座る彼が紅茶に口を付けたのは同時だった。

「ぐっ!」

「だ、大丈夫ですかっ?」

何を考えたのか、湯気が立ち上る紅茶を一切冷ます事なく、結構な勢いで口に入れた彼が口元を押さえる。確実に口の中は火傷(やけど)しただろう。彼は呆然と紅茶を見つめているが、カップに残った紅茶の量からして、冷たい物を飲む時の勢いで飲んだのは間違いない。

「あ、熱いっ？」

「え、ええ。淹(い)れたてですから」

驚きたいのは私のほうだ。この紅茶は彼の目の前で淹れた上に湯気も立っているので、熱いのなんて当たり前なのに。彼は私が慌てて差しだした水にも口を付けず、呆然としたままだ。

大きく目を見開いたまま固まる彼の顔を見つめながら、何と声をかけたらいいのか悩んでいたが、ふとその顔に既視感を覚えた。

どこかで見た事がある気がするけれどわからない。彼はこの町を治めているお城から来た人なのでカロル様の部下ではないはずだし、私に親しい男性の知り合いはいない……カロル様？

「あ……」

そうだ、似ている。

彼はずっと無表情に近かったので、基本的に笑顔のカロル様と重なっていなかったが、こうして目を見開いて少し幼さを感じる表情になった事で、顔立ちがカロル様に似ている事に気が付いた。

どくどくと心臓が音を速める。

カロル様に似た顔立ちで、おそらく私より少し年上の男性。もちろん他人の空似という可能性もあるけれど、髪と瞳の色を考えると一人だけ思い浮かぶ人がいる。

「ア、アラン様、ですか？」

紅茶を見つめていた男性が私の声に反応して顔を上げた。少しの間の後に肯定の言葉が返って来た事で、先ほどとは比べ物にならないほどの勢いで顔から血の気が引いていった。

「も、申し訳ありません！　そうとは知らず……」

アラン様はカロル様の異母兄にあたるかたで、この町を治めている張本人だ。気付かなかったとはいえ、堂々と正面のソファに腰かけて普通に接してしまった。だってまさか、治めている本人が来るなんてまったく想定していない、想像すら出来なかったのだ。

「良い！　そのままで良いから、変に気遣わないでくれ」

「で、ですが……」

慌てて立ち上がろうとした私を、アラン様は私以上に慌てた様子で制してくる。

「良いんだ。君も知っているだろう？　私はもう国を治められる立場ではない。君と同じ、元王族と言っても良いくらいなんだ」

「そのような事は……」

「本当の事だ。普通に接してくれていい。私からの頼みだと思ってくれ」

少し悩んで、どこか必死な様子の彼の顔を見て、戸惑いながらも浮かしかけていた腰をソフアに下ろす。彼の安堵した様子にこの選択が間違っていなかった事はわかったけれど、それにしても緊張が凄まじい。

……彼の立場は特殊だ。

本当は王位を継ぐはずだった、本国の第一王子。幼い頃から優秀で人望もあった彼は、ある日突然、冬の精霊の加護を受けた。

これが曾祖父やエスタ様のような通常の精霊の加護だったならば、何の問題もなかっただろう。むしろこの国は今よりもずっと豊かになっていたはずだ。

しかし彼に加護を与えたのは、高位精霊と呼ばれる強力な力を持つ精霊。

高位精霊に加護を貰った人間は、長い歴史の中でも数人しか存在していない。高位精霊は通常の精霊よりもずっと強い加護を与えてくれるが、その強い力故に加護を受けた人間は皆共通して、周囲の気候や自身の体に何らかの影響が出てしまっていた。

アラン様が高位精霊の加護を受けたのは、私の曾祖父が亡くなってすぐの頃。春の精霊の加護がなくなった直後にアラン様が冬の精霊の加護を受けたので、皆本当に喜んでいた。

しかし、その喜びは突如国中が大雪に覆われた事ですぐに消える事になる。

長年春の精霊の加護を受けていたこの国は、突然訪れた止む気配すらなく延々と降り続ける大雪に、まったく順応出来なかった。

寒さに弱いものばかりだったため壊滅的な被害を受けた農作物。雪の重みに耐えきれず次々と崩れる家屋。雪で交通が麻痺(まひ)した事で様々な産業が止まり、寒さに負けた多くの国民が病に倒れ……様々な被害が国中で発生し、国は徐々に追いつめられていく。

そんな中、国は特殊な雪解け水を得る事になった。

栄養価が高く味も良く、薬の効果も底上げし……と様々な力を持つ特殊な水は、今はこの国の生命線だ。

しかし当時は、国全体が大雪に包まれる事のほうが損害が大きかった。

普通の国ならばうまく順応しただろう。春の精霊の恩恵に慣れ切っていた我が国は、冬の高位精霊の加護とは相性が悪過ぎたのだ。

しかし他の産業が潰れてしまった状況で、雪解け水を手放すわけにはいかない。

連日話し合いが行われた結果、アラン様は王位継承権をなくし、次男のカロル様が皇太子の立場に就く事になった。そして国の端にあるこの小さな町を『国』という形にしてアラン様が治める事で、雪の影響をこの町のみに抑えつつ雪解け水の恩恵を得ている。加護の恩恵は持ち主の王族が治める国に影響する、というのを逆手に取った形だ。

そのため彼の言う通り、今のアラン様は形式上この町を治める王という立場を取ってはいるが、本国の王族ではない。

そして、大雪の不便さを押し付けられる形になったこの町の住民から、彼は遠巻きにされている。皆そうしなければ国ごと滅びるとわかってはいても、心はどうにもならないのだろう。

不便を強いられる分、補助金等も出ているし、王家もこの状況を何とかしようと色々と試してはいる。私もいくつか案を出して採用された事はあるが、毎日のように寒さや雪との戦いが続く事、そしてアラン様自身に現れた加護の影響のせいで、彼は孤立してしまっていた。

（室内でも手袋を外さないから、不思議には思っていたけれど）

ちらりと彼の、分厚い手袋に覆われたままの手を見る。

制御が出来ない加護の影響のせいで、アラン様は素手で触れたものを自分の意思とは関係なく凍らせてしまう。たとえそれが生き物であったとしても。

彼の町の治めかたは素晴らしいと評判だし、王として兵士達に命令を通す事も出来る。しかし大雪の被害とすべてのものを凍らせる力のせいで、彼は恐怖の対象になっているのだ。

この町にある彼の城でも遠巻きにされているし、護衛を付けていないのも兵士達が彼に近づくのを怖がってしまい、警備にならないからだと聞く。大半の危険は高位精霊の加護に遮られるので、護衛いらずだという理由もあるけれど。

「すまないな。素手で触れなければ凍らない。気にしないでくれとは言えないが、手袋は外さないと誓う」

「こちらこそ不躾に見てしまって申し訳ありません。怖くて見たわけではないのです。手袋を外していなかった理由がわかって、つい視線が行ってしまっただけで」

「いや、気になるだろう。これればかりは当たり前の事だ」

　手元の紅茶にまた視線を落としたアラン様の表情がどこか寂しげに見えて、申し訳なく思った。視線を向けたのは一瞬だけで特に何かを思ったわけではない。自分が凍らされたわけでもないし、恐怖を感じてもいなかった。

　しかしこれ以上言葉を並べても言い訳にしか聞こえないだろう。彼からもこれ以上話してほしくないという拒絶の空気を感じる。

　本当に申し訳ない事をしてしまった。

「あの、紅茶の火傷(やけど)は大丈夫ですか？」

　気まずい空気をどうにかしなければ、と先ほどの事を思い出してそう声をかけてみる。

「ああ、大丈夫だ。すまない。その、普段は手袋をしていたとしても持っただけで冷めてしまうから、何も気にせずに飲んでしまったんだ」

　この寒い国で温かい物が口に出来ないなんて、と少し悲しくなると同時に彼の持つカップに視線が吸い寄せられた。アラン様の話が本当ならば、紅茶から目が離せない理由もわかる。触れただけで冷めてしまうはずの紅茶からは、今も薄っすらと湯気が見えていた。

「一つ聞きたいのだが、君は精霊の加護を受けていないのか」

「受けておりません。夢に出てきた事もありませんし、以前調査して頂いた時も加護はないという結果が出ております」

「精霊の加護の影響を打ち消す事が出来るのは別の精霊の加護だけだ。もしかしたら君が、と思ったのだが」

精霊は加護を与えた際に夢でその事を告げるのだが、私はそういった夢は見た事がない。そしてその夢以外にも調査手段があり、夢を見たと申告した人間はまずその方法で加護を受けているか確認されるのだ。私も念のためにという事でカロル様と一緒に調査を受けた事があるが、やはり加護は受けていなかった。

つまり、彼の加護を打ち消しているのは私ではない。他に可能性があるとすれば……。

「エスタ様は夏の精霊の加護を受けていますが、その影響ではないのですか？」

「それはないと思う。通常の精霊の加護では離れた場所の高位精霊の加護の影響は打ち消せないし、そもそも今朝城で触れた物は凍り付いているからな。だからこそ何も気にせず勢いよく飲んだんだ。それに、この家は暖かい」

「暖かい、ですか？」

「私は常に凍えている。屋内だろうが外だろうが関係ない。加護を与えられてからは寒さしか感じていない。精霊の加護である以上寒さで死ぬ事や病にかかる事はないが、とにかく常に寒いんだ。だがこの家に入った時、久しぶりに暖かさを感じた」

特に辛いとも思っていない様子で言った彼を見て、もの悲しさを覚える。王族の肩書も、暖かさも、周囲の人間も……当然のようにあったものがすべてなくなってしまった事に、彼は既に慣れてしまったのだろう。

玄関で、そしてこの部屋で、アラン様が噛みしめるように暖かいと呟いていた事を思い出す。

彼が両手で包むように持つ小さめのカップの中には、もうほとんど紅茶は残っていない。

ゆっくりと、そして熱さを噛みしめるように最後の一口分に口を付ける彼を見て、もう一度ティーポットにお湯をそそぐ。

彼は愛されていたはずだ、幼い頃から本当に優秀で、次期王としての期待を背負い、たくさんの人に囲まれていたと聞く。同情するのは失礼な気がして、けれどとても寂しい気もする。

城にいた時にアラン様と会ったことはない。彼について知っていることと言えば、王家関連の書類から得る情報とカロル様から聞いた事が大半で、今まではどこか他人事に感じていた。

けれどこうして実際に顔を合わせてしまった事で、現状を突き付けられてしまった気分だ。

「おかわりはいかがですか」

「ああ、ありがとう」

空になったカップに紅茶を注ぎ、それに口を付ける彼を見ながら少し冷めた自分の紅茶に口を付ける。彼は常にこれより冷たい物しか口に出来ないのかと考えて、また少し悲しくなった。

アラン様が紅茶を飲むのを邪魔してはいけない気がして、彼が話し始めるまでは口を閉じていようと決めて紅茶をまた一口飲む。

静寂はしばらくの間続いた。

「すまない。本題に入る前に別の事を話してしまった」

「いえ、大丈夫です」

先ほどまでの幼い印象を消して無表情に戻ったアラン様がまっすぐに見てくるので、少し居心地が悪い。ただ先ほどまでの会話のおかげか、嫌だとか苦手だとかは思わなかった。彼が無表情のまま言葉を探している事もわかる。

まあ、それはそうだろう。

彼がここに来たのは私の様子見という名を借りた、恨みや反逆の意思があるかどうかの確認のためだ。率直に聞けば棘が立つし、遠まわしに聞いても意味がない。それこそ家に入ってすぐに、今のように少し会話をした後でなければ、アラン様も私に気遣う事なく聞いてきたかもしれないけれど。

「……私は、特にカロル様の事を恨んではいませんよ」

少しだけ目を見開いたアラン様の顔が、またカロル様と重なった。本当に似た顔立ちだ。

「私はカロル様の期待には応えられませんでしたが、それでも長い間、妻として傍におりましたから。あのかたが何を優先して、何を目指していたのかは理解しているつもりです」

あの人に必要だったのは、私のように裏方の仕事をこなして後ろから支えるような妻ではなく、隣に立つ……いや、競い合い、時には追い越すほどの勢いで国のために働く事が出来る妻なのだろう。

一方的な離縁ではあったし、それを悲しいとか悔しいとか寂しいとか、そんな風に思う事はあれど、不思議と恨みは湧いてこない。

それは幼い頃から共に過ごしてきた事でカロル様の考えがわかって納得してしまっているからかもしれないし、最後に満面の笑みで離婚を言い渡されたからかもしれない。

もしも私が彼の立場だったとしても、幼い頃から婚約者、そして夫婦として過ごしてきた相手を笑顔で捨てる事は出来ないだろう。あの笑顔を見た事で、やはり彼は私とは根本的に違う性質の人なのだと理解してしまった。

「地位を奪われ、不便な生活を強いられているのにか？」

「私の事、カロル様から聞いておられますか？」

「多少は」

「では、私が大勢の前に立つのが苦手な事はご存じですか？」

「軽く聞いた事はある」

アラン様はこの町から出ないので直接カロル様と会う事はないけれど、手紙のやり取りはしていた。その際に知ったのだろう。

「元々、大勢の方々の前に出たり話したりするのは苦手なのです。もちろん皇太子妃として必要な時は別ですが、そうでない時に他のかたを押しのけてまで前に出る事は出来ませんでした。この家での生活は不便な事もありますけど、人前に立つ必要もありませんし、私の行動が国民の命にかかわる事もありません。初めて自分の時間というものも持てましたし、意外に思われるかもしれませんが、私はここでの生活を気に入っているのです」

「一人で抱えるにはこの屋敷の惨状は手に余ると思うが……供をつける事すら許されなかったのだろう？」

「それを許さなかったのはカロル様ではなく、私の親族のほうですので。もう縁も切られておりますし、特に彼らに恨みもありません」

カロル様なら供を付けたいと言えば反対しなかっただろう。

私の親に関しては元々良好な関係ではないし、むしろ縁を切る事が出来て安堵している。

「恨む事もなければ、反逆の意思もありません。カロル様が目指す未来のためにエスタ様との再婚が最適な事もわかっています。精霊の加護で国民の生活が豊かになるのならば、私もそれで良いのです」

話す事で自分でも頭の中が整理出来る。どれだけ考えても、カロル様に対して恨みや敵意は湧いてこない。

家族に対してもそれは同じで、むしろ跡継ぎやら地位やらで騒がれない解放感が大きかった。

そもそも家族に関しては私が離縁された時点で復讐を終えているようなものだ。彼らが欲していた王族への縁はもうないのだから。取り潰しというわけではないだろうが、それでも以前のような高い地位は見込めないだろう。家族の事は恨んでいない。どうでもいいと思ってしまっている。

「……そうか」

彼が少しだけ目を伏せたのは私を疑っているのか、それとも申し訳なさでもあるのか。アラン様の事はよく知らないので彼が何を考えているのかまではわからないけれど、少なくとも言葉だけで納得してはもらえないだろう。これぱかりは時間が解決するのを待つしかない。

カロル様がエスタ様と再婚して、そうして国が加護の影響を受けて豊かになっていけば、町の片隅(かたすみ)に住むこんな女の事など誰も気にならなくなるはずだ。

それでいいと思っている、何だったら放っておいて、くらいには思っている。

「何か不便があるならば、人を寄越す事も出来るが」

思いもよらない申し出に今度は私が目を見開いてしまった。確かに彼の立場ならばこの家に使用人を出す事は可能だろう。

部屋の中を見まわすと、初日とは比べ物にならないほど綺麗な部屋が視界に映って、自然に笑みが零(こぼ)れた。曾祖父母(そうそふぼ)がいた時と同じ暖かさと優しさを感じる、私の小さなお城。

「この家は私にとって思い出深い家なのです。曾祖父達と過ごしたのは幼い頃だけですが、家の中に積み上がっている異国の品や本を少しずつ片付けていくのも楽しいですし、家事も城の方々のおかげで問題なく出来ておりますから大丈夫です。ありがとうございます」

もう少しだけ、一人でこの家と向き合いたい。優しい思い出を辿り、新しい発見をして、笑って過ごす時間を大切にしたい。

花を育てるという趣味も見つけた事だし、マイペースに過ごしたいのだ。

どうやら私は一人での生活を相当楽しんでいるらしい。アラン様のおかげで多少自暴自棄になっていた事は自覚したし、もう大丈夫のはず。

「そうか。だが、元王族の一人暮らしを放置するわけにはいかない。この家の前の道は兵士達の見回りの巡回路に組み込ませてもらう。要望がない限りは家の中までは入らないが、不審な人間や物を見た場合を含めて、何かあった時は兵士に声をかけてくれ」

「ありがとうございます」

防犯面での不安がある事は自覚したので、ありがたい申し出だ。

「見回りの時間は後で知らせる。少し離れているとはいえ徒歩で行ける範囲に町もあるし、何かあれば町の兵士の詰め所まで来てくれ。それと外壁の穴や塀はこちらで直す。いくら何でも君一人で壁までは直せないだろう。元王族である以上、せめて家の守りは固めておいてほしい」

「わかりました。何から何までありがとうございます」

確かに私の力では直せない部分だ。壁に空いた穴を木の板で塞いで見なかった事にしていたので本当に助かる。見張りの兵士を置かないのは、私の一人で暮らしたいという意思を汲んでくれたのかもしれない。

「すまないがもう一つ、というよりも話を戻しても良いだろうか」

「はい、なんでしょうか？」

アラン様の視線がテーブルの上の花瓶(かびん)に向けられる。そのまま窓辺や暖炉の近くに置かれた花瓶を順番に見つめてから、彼は私に向き直った。

「この家で私は暖かさを感じるという話だ。それと君は先ほど庭で花を手入れしていたが、あの庭の花や飾られている花は、すべて君がここに来てから育てたものか？」

「ええ、そうです」

「率直に言うが、この町では本来花は育たない。降り積もっているのは普通の雪ではなく私の加護の影響の、精霊の力で降った雪だ。たとえ寒さに強い種でも雪に負けてしまう」

「ですが、この花は確かに私がこの家で種から育てたものです」

「それにしては育つのが早い気がするが。特殊な種なのか？」

「いいえ、お城の庭師のかたが育てていた花から種を取って分けて下さったので、お城の種と同じ物のはずです」

やはり成長が早い気がしたのは気のせいではなかったのだろうか。

しかし、じいやも精霊の加護は持っていないし、精霊の影響を受けない特殊な種なんて聞いた事がない。そんなものがあれば今の状況はまったく違っていたはずだ。

城の方々から頂いた手紙や説明書をまとめて入れている箱を持ってきて、その中からじいやからもらった説明書を取り出してテーブルに広げる。それを手に取って読み始めたアラン様は一度何かに驚いたようにぴたりと手を止めたが、すぐに二枚目三枚目と目を通し始めた。

「確かに。すべて城の花から取れた種だと書いてあるな」

アラン様はそう呟いた後、難しい顔をして手紙を見つめてから顔を上げた。花が咲く事を心底不思議に思っているようだ。

「ここが町の端のほうにあるから咲く、というわけではないのでしょうか？」

「いや、私の治めている場所は加護の影響の範囲内になるから、ここも例外ではない。だがこの家では花も咲く上に、私の体に出る影響まで緩和されている」

「……もしかしたらですが、曾祖父が受けていた春の精霊の加護の影響が残っている可能性はないでしょうか？」

曾祖父が長年住み続けていた家だ。精霊の力が僅かに残っているのかもしれない。

通常の精霊と高位精霊の力の差など、気になる所は多いけれど、元々精霊の加護に関してはわからない事だらけだ。この件に関してもあくまでも可能性があるというだけだが、今はそれ以外に理由は思いつかない。

「加護が家に残るなど聞いた事はないが……だが唯一の住人である君が加護持ちでないのならば、それ以外に考えられないのも事実だな」

「でしたらこの家の中で触れた物も凍らないのでは？」

「それは、どうだろうな」

この家に来てからアラン様は基本無表情だったけれど、期待に揺れた目は隠せていない。加護の影響を何とかしたいと一番思っているのは彼自身だろうし、無理もないだろう。

少し悩んで花瓶の花を一輪取り、彼の前に置いてみる。

「アラン様さえよろしければ、試してみますか？」

「だが……」

「この花はそろそろ何かに加工するつもりでしたから、凍ってしまっても問題ありません」

机の上に置いた赤く美しい薔薇は切ってから一日経っているが、いまだ瑞々しさを保っている。複数の花びらが折り重なって出来た花はとても綺麗で、咲いた時は本当に嬉しかった。私のお気に入りの花だ。

とはいえ花の成長が早い事もあって予想以上の数が咲いてしまったため、順番に加工しようと思っていたものだった。

私の顔を見て、そして机の上に置いた花を見て、少し悩んだ後に彼が花を手に取る。手袋越しなのでまだ花に変化はない。

私のほうを気にしながらもアラン様が片方の手袋を取り、そっと素手で茎の部分に触れる。

少しの間の後、わずかに冷気を感じた。

ピキピキという音が静かな部屋に響き始め、花は私の目の前でアラン様が触れた茎の部分から徐々に凍り付き、すぐに全体が分厚い氷に覆われてしまう。

「……綺麗」

　思わず感嘆のため息が零(こぼ)れた。真っ赤な薔薇(ばら)が透明度の高い氷に包まれ、まるで美しいオブジェのようだ。氷が暖炉の炎を反射して、見る角度を変えるとまた別の美しさが現れる。インテリアとして見ても本当に私好みで、素敵だとしか言いようがない。好みの形になったそれを見て、自然に口から言葉が出てしまった。

　口にしたと同時に、悲痛そうな表情を浮かべていた彼が驚いたように顔を上げて私のほうを見たので、やってしまった、と冷や汗が流れる。自分の力を苦しく思っている人の前で、呑気(のんき)な呟(つぶや)きをしてしまった。

　しかし彼は傷ついた様子も怒った様子もなく、瞳は信じられないものを見たと言わんばかりの驚きで満ちている。

「申し訳ありません。あの、それを頂いても良いでしょうか？」

「か、構わないが……花は元々君の物だし」

「ありがとうございます！」

　窓の外に出しておけば数日持ちそうだし、氷が解けるまでの間だけでも飾っておきたい。

　飾る場所に悩みながら差し出された氷を受け取ろうとしたところで、アラン様は慌てて手を引っ込めた。すまないと謝りながら氷の花をテーブルに置いて、すぐに手袋を着ける。

　氷の薔薇は大きさがそれなりにあるので彼の手に触れずとも受け取れたのだが。

　彼の体に直接触れなければ凍らないので私は気にしていなかったけれど、彼のほうは間違っても人を凍らせたくはないのだろう。

「加護の影響がなくなったわけではなさそうだ。ただ、持ってすぐに凍らなかった時点で相当緩和されている」

「やはり、この家には曾祖父の加護が残っているのかもしれませんね」

「確証はないが、今はそれしか理由が思い浮かばないな」

とはいえ、たとえ曾祖父の加護が残っていたとしても、家一軒分では国のために何もできないだろう。あくまで名残程度の力でしかない。花が育つのは嬉しいけれど。

ほう、と小さくため息を吐いたアラン様がカップを皿の上に置く。綺麗に空になったカップからはもう湯気は上がっていない。

名残惜しそうな彼に再度おかわりを勧めようかと思ったが、それよりも早く彼が口を開いた。

「長居してしまい申し訳ない。兵士の見回りはすぐに始まると思う。家の修理の件と加護が残っている可能性についてはまた後日話しに来ると思うが、構わないだろうか」

「はい、大丈夫です……しばらくは監視も必要なのでしょう？」

気まずそうに視線を逸らしたアラン様を見て苦笑する。

一度聞き取りをした程度では私への疑いは晴れないだろうし、少しの間は監視の対象だ。むしろこの一回で問題なし、と判断されてしまったほうが、国として大丈夫なのかと不安になってしまう。こればかりは仕方がない、私は自由に過ごすだけだ。

「私へのお気遣いは不要です。どうぞお気軽にお越しください。アラン様がいらした時は熱い紅茶をお淹れしますから」

「……ああ、ありがとう。だがそうされると、疑いが晴れた後でも何かと理由を付けて通い詰めてしまいそうだ」

少し冗談交じりにそう告げると、アラン様も苦笑交じりの笑みを浮かべた。

今日はこれで終わりなのだろう、ソファから立ち上がった彼を見送るために玄関まで並んで歩く。本来なら一歩下がって歩くべきなのかもしれないが、ここで変に距離を開けると私がアラン様の事を怖がっていると思われかねない。

話していたのは僅かな時間だが、彼が色々と寂しがっている事に気付いてしまったから、失礼にならないようにしつつも不自然に距離は開けないようにした。戸惑いながらもどこか嬉しそうな彼の表情が、私の考えが間違いでない事を教えてくれる。

時折飾ってある花や窓から見える中庭を見て目を細めるアラン様に合わせ、ゆっくりと歩を進めて玄関にたどり着く。

「では失礼する」

「はい」

そう口にした彼が振り返って私を見たので、彼に向かって手を差し出す。別れの挨拶を、と自然に手が出たのだが、彼は私の手を見て固まってしまった。

王族相手であったとしても握手が不敬になるわけではないのだが、何か間違っただろうか？少し不安になるが、彼の視線が差し出した手から離れないので引っ込めるわけにもいかない。どうしよう、と悩み始めたところで、おずおずと伸ばされた彼の手が私の手に触れた。

分厚い手袋越しでも冷気を感じる。手袋がなければ私の手は凍ってしまうのだろうが、今は冷たいだけだ。ゆっくりと握られた手にじわじわと力が込められていく。思いの外強く握られた事には多少驚いたが、彼の手がそっと離れたところで笑いかけた。

「今日はありがとうございました、お気をつけてお帰り下さい」

「ああ、ありがとう」

そう言って去って行く彼の背を見送る。私と握手したほうの手を見て、すぐにふるりと震えた彼が首元に巻かれたマント部分に顔を埋める。一見しただけでわかるほどの震えだ。冬の高位精霊の加護の影響の大きさに、私まで寒気を感じてしまう。

握手の時の彼の様子がおかしかったのは、手袋越しであっても誰かと握手をしないからなのかもしれない。

……私は、実際に人が凍ったところを見た事がない、雪の被害もさほど受けていない。だからこの町の人々の想いはわからない。また少し寂しさを感じて、彼の姿が見えなくなった辺りで家の中に戻る。

「楽しかったな」

大勢の前で演説するのは苦手だけれど、幼い頃とは違って今の私は人付き合い自体が嫌いなわけではない。たとえ取り調べのようなものであろうとも、久しぶりに人と話せて楽しかった。来た時は紅茶を淹れる、とは言ったけれど、さすがに王族の彼が自ら来るような事はもうないはずだ。ただもしもまた彼とかかわる事があれば、私は同じように握手の手を伸ばすだろう。

「あの氷の薔薇、どこに飾ろうかしら」

花を閉じ込めた氷の美しさを思い出して笑顔になる。外に出してしまうのはもったいないけれど、なるべく長持ちさせたい。そう思いながら居間の扉を開けた私の目に、暖炉の点いた部屋にありながら一切形を変えていない氷の花が映る。

「全然、解けてないわ」

氷の薔薇は先ほどまでと変わらない美しさを保っている。そっと持ち上げてみると、冷たさは感じるものの、私の手の熱が伝わっても触れている部分が解ける様子はなかった。よくよく見るとテーブルには濡れた跡があるので、一切解けていないわけではないのだろうが、この様子だと暖炉の傍に置いていても数日は形を保ってくれそうだ。

「高位精霊の加護って、本当にすごいのね」

解けないのならば外に出す理由もない。少し悩んで、近くの棚の上に花瓶を置いて一輪挿しにして飾ってみる。周囲に飾られている花も十分綺麗だが、氷のオブジェが加わった事でより一層美しく見えた。

「今日は良い日だったわ」

近くの椅子に腰かけ、氷の花を見つめながら笑う。

人と話した事でまた一つ、未来を見つめられた気がする。

皆私が離婚された事で妙な企(たくら)みをしていないかと気にしているようだが、私はもうこの生活を知ってしまったのだ。今更元の生活には戻れない、戻りたくない。

睡眠時間を削って仕事や勉強をする事がない。

大勢の前に出る時に、早鐘を打つ心臓を宥(なだ)めるために深呼吸を繰り返さなくても良い。

裏方の仕事に追われながら、なぜ前に出ないのだと責められる事もない。

「心配なんていらないのにね」

ねえ、と窓辺に飛んできた小鳥にガラス越しに話しかける。私は今、ようやく幸せだと思えるようになってきたのだから。

「あ、兵士さんが来る前にもう少し玄関を片付けないと」

見ないふりをしていた壊れた壁の残骸(ざんがい)や、もう使えなくなっていた家の中の物の山。さすがにそのままはちょっと恥ずかしい。

明日からは人を通す場所の掃除を優先しようと決めて、夕食の準備を始める事にした。

「……こんにちは」

「ああ」

アラン様が来てから二日後。ある程度掃除を終えて花の世話をしていた私の前には、二日前と同じようにアラン様が立っていた。今回も供を付けずに一人で来たようだ。もう書類を見せてもらう必要もない。どうぞと彼を通すのも前と同じだ。

まさかまた彼が一人で、しかもこんなにすぐに来るとは思ってもみなかった。

玄関に足を踏み入れたアラン様が暖かさを噛みしめるように吐いたため息で、その理由も察する事が出来てしまったが。

震えるほどの寒さから解放される唯一の場所の存在を知ってしまったら、また来たくなってしまうのは当たり前の事だ。

居間に案内して紅茶を淹れながら、ちょうど焼けたスコーンと出来立ての花のジャムを一緒に出しておく。まだまだお菓子作りには慣れていないので微妙な形の物が多いが、その中でも一応見栄えのする物を選んだので、それなりに見られる形にはなっている。この生活を続けていく内にもっと綺麗に作れるようになるだろう。

ジャムはまだ冷まし始めたばかりなので鍋の中で湯気を上げていたけれど、彼に渡すならばこちらのほうが良いはずだ。

「私が作った物で申し訳ありませんが、よろしければどうぞ」

「ありがとう。しかし、庭仕事も家事もずいぶん慣れているな」

「まさか。わからない事だらけですよ。お城で交流のあった方々が、私が困らない様にと細かいやりかたを書いた説明書や便利な道具を下さったのです。彼らの仕事を見る事も多かったですし、その様子を思い出して説明書と照らし合わせながら覚えている最中です」

カロル様に評価されようと目立つ仕事の取り合い状態になっていた城では、揉め事になる事も多い。その仲裁や配置換え等のためには実際に見聞きする必要があり、よく裏方の仕事を担当している方々に会いに行っていた。その時の交流が今、こうして私を助けてくれている。

「城の人間と仲が良かったのだな」

「ええ、皆良くして下さいました。ですからよけいに復讐なんて考えられないのですよ。どうか幸せに、と願って下さったかたもいますから、前を向いて生きていくつもりです」

「……そうか」

「アラン様！　熱いですよ！」

「え、あ……」

話が一段落したと同時にこの間と同じ勢いで紅茶を飲みそうになった彼を慌てて止める。見開いた目もあの日と同じだ。熱いのはわかっているのだろうが、持った物が冷めてしまうのが当たり前になっているのだろう。少し気まずそうにゆっくりとカップに口を付けるアラン様を見て、こっそりと笑った。

焼きたてのスコーンに湯気の立つジャムを塗る彼の口元が弧を描いたのを見て、なんだか可愛らしい人だな、なんて思う。

「この家は今日から見回りの範囲内に入った。数日後には家の修理も始める事になると思う」

「わかりました、ありがとうございます」

彼の説明を聞きながら二杯目の紅茶の準備をしていると、不意に彼の視線が一か所に縫い留められている事に気が付いた。視線を追ってみると、そこにはあの氷の薔薇(ばら)がある。まだ凍ったままなのはさすが高位精霊の加護だとしか言えないけれど、それでもほんの少し解けてきてしまっていた。

「あの氷の花、ありがとうございました。少し解け始めてしまったのは残念ですが」

「残念っ？」

「は、はい。気に入っていますから」

彼は信じられないようなものを見る目で私を見ている。おかしな事は言っていないはず、と彼の目を見つめ返すと、少しの間の後に彼は小さく笑った。ははっ、と僅(わず)かに笑い声が聞こえる。

「あ、あの……？」

「すまない、俺の氷が解けるのが惜しいなどという台詞(せりふ)は初めて聞いたんだ」

おかしそうに笑う顔からは、少し前までの無表情さは感じ取れない。一人称も気を抜いたのか『私』ではなく『俺』になっている。笑った顔は驚いた表情よりもずっと幼い。

不意に、カロル様が私に離婚を告げた日の笑顔を思い出した。

似た顔立ちだけれど、アラン様の笑顔はカロル様とは重ならない。

笑い続けるアラン様を見て、きっと元々はこんな風に笑う人なんだろうな、と思う。

「ここは、この家は良いな。暖かい」

笑いながらそう言った彼の顔を見て、なんだか私のほうも気が抜けてしまった。

「ええ、私もこの家は暖かくて好きですよ」

幼い頃の思い出が蘇る。家族は厄介な家を憎い娘に押し付けたつもりだろうが、私にとってここは大切な宝物だ。笑いながら氷の花を見つめるアラン様を見て、つられるように笑った。

「気に入ったならいつでも来てください。監視という名目もありますし」

私の言葉を聞いて一瞬申し訳なさそうな顔をした彼は、私があえてそう言ったのだとすぐに気づいたらしく、少し驚いた後にまた笑った。私が一切監視の件を気にしていない事も感じ取ったのだろう。嬉しそうな表情に戻った彼がさらに笑みを濃くする。

「ああ、そうだな。通わせてもらおう」

「少しの時間話し相手になっていただけると嬉しいです。一人だと話すという事を忘れてしまいそうなので」

「……それは、俺も同じだがな」

小さく呟かれた言葉は、彼が城で遠巻きにされている事を感じさせるには十分だった。私への疑いが晴れたわけではないだろうが、彼にとってこの家はその疑いを押してでも来たい場所なのだろう。

このまま友人になってくれないかしら、なんて考え始めている自分が少しおかしくなる。

城での勉強と重圧だけの生活の中、心許せるような友人と出会った事はない。

少し、ほんの少しだけ願っていた、気を遣わずに話せる友人が欲しいと。

元夫の異母兄で、今の私よりもずっと地位が上の人だけれど、この家の中で気を抜けるのはきっと彼も同じだ。せめてこの家でだけ、ほんのわずかな時間だけでも穏やかに話せる相手になってくれたら嬉しい。ぽつぽつと会話しながら、そんな風に思った。

第三章　変わり始める時

いつでも来て下さい、と彼に伝えたあの日からしばらく経ち、私の家の壁や塀は綺麗に修繕された。相変わらず使っていない部屋の中は埃だらけで物が積み上がっているけれど。見回りに来る兵士さん達とも何度か話す事が出来て、顔見知りと呼べるかたも出来た。

そしてアラン様は私が思っていたよりもずっと頻繁に、それこそ毎日のように家に来ている。最初の内は一時間ほど滞在していたが、話題に困って無言になる時間が多かった。数日通ってくる内に慣れて、二時間、三時間と滞在時間は伸び、気まずい無言の時間はお互いに自分のペースで過ごす時間に変化している。

私の生活はそこまで大きく変わっていない。家事をして、少しずつ部屋を片付けて、花の世話をして、そこにアラン様と話す時間が増えただけだ。

アラン様は休憩時間をまとめてこの家で取っているらしい。最近では昼食を共に取って、それから少しの間話して、という形になる事が多いだろうか。温かい物が食べられる事を喜ぶアラン様の表情が泣きそうに見えたのは、きっと気のせいではないのだろう。

家の修理の間は私が家にいる必要があったので食料なども差し入れて貰えたし、アラン様がここで昼食を取るようになってからは多少の食材も頂いている。とはいえ自分の分はある程度自分で調達しなければならない。この家に来た時にお城の方々から頂いた大量の保存食も残り少ないし、そろそろ町に行ってみるつもりだ。

町のほうに私の事がどれくらい伝わっているのかはわからないので、町中で飛んでくるかもしれない視線の事を考えては胃が痛くなって、久しぶりの感覚だなと苦笑している日々だった。

「……開かん」

「ですよね」

最近習慣と呼べるほどに定着した二人での食事を終え、ゆっくりとした時間を過ごす。距離は開けているとはいえ彼と同じソファに並んで座っているこの状況、この家に来たばかりの私が見たら驚きで倒れてしまいそうだ。

顔をしかめているアラン様の手には小さな仕掛け箱があり、先ほどからずっとカチャカチャと動かしているが開く気配はない。その仕掛け箱は私も何度か挑戦したが、開くきっかけすら摑めていない物だ。彼は手袋越しなので素手の私よりもやりにくいだろう。

「そういう仕掛け箱以外にも、別の絵が見えたり、暗号が隠されていたりする絵画もあるみたいで。掃除中にも色々な物が出てくるのでなかなか進まないのです。思い出を振り返りながらの片付けですから、それも楽しんではいるのですが」

「仕掛け箱はこれ以外にもあるのか？」

「ええ、見つけた物は同じ部屋にまとめてあります。今の所、開けられたのは数個だけですね」

「何が入っていたんだ？」

「切手とかアクセサリーとか、色々ですね。手紙の束が入っていた事もありますよ。曾祖父と曾祖母がお互いに向けて書いた恋文でしたから、中は読まずにそのまま仕舞ってあります」

「そ、そうか……しかし、この中身は手紙ではなさそうだぞ」

彼の持つ仕掛け箱は中身がそれなりの大きさの物のようで、軽く振っただけでも鈍い音とともに中の物が転がる音がする。

「そうなんですよね。中身が気になってはいるのですが、どうしても開けられなくて」

「……箱が開けにくいなんて理由で、手袋を取りたいと思う日が来るとは」

諦めたようにため息を一つ吐いて仕掛け箱をテーブルに置く彼の表情は穏やかで、少しの嬉しさを含んでいた。

「不思議なものだ。俺にとってこの手袋は生命線でもあるんだがな」

アラン様が常に身に着けている全身を覆う服と手袋は、彼が人を凍らせないための最後の砦でもある。それらが凍らないのは精霊の配慮なのかもしれないが、それならばもう少し他の部分も調整してあげてほしいと思ってしまう。

彼は基本的に手袋を取らないし、腕捲りもしない。間違っても自分の体が何かに触れてしまわないように。

私が彼を怖がらない一番の理由はこれだ。

彼は決して進んで他人を凍らせたいわけではないとわかるから、そういう考えかたをする優しい人だとわかるから、怖がる必要がない。

「君は不思議だな。話していると気が抜ける」

「え?」

思いもよらない言葉に驚いてしまった。そこまでのほほんとしているつもりはないのだが。

「良い意味で、だ」

悪口ではないぞと笑う彼に、初対面の時の冷たさは感じない。褒められた、と思っておこう。

それからしばらく話して、帰宅時間になった彼を玄関まで見送る。また明日、と言う彼と交わす握手もいつも通り。手袋越しに感じる冷気は変わらないけれど、私の手を握る力は日々強く、そして握る時間も少しずつ長くなっていく。

この町を治める立場の彼が毎日のように一人でここに来られる事、そしてこの長い握手。彼が城で一人きりなのだろうと嫌でもわかってしまう。

私の孤独が解消されているように、この家でだけでも彼の孤独が和らいでいると良い。一瞬震えてからマントに顔を埋めて去って行く彼の背を見送り、家の中へ入る。

この家に来てから新しく結ばれた縁は、間違いなく私の生活に彩りを与えてくれていた。


「よし」

今日はアラン様が執務で来られない日だ。

少し前に立てた予定通り、今日は町に行く。家の前で緊張を誤魔化そうと深呼吸をした。ただ買い物に行くだけなのに妙に緊張するのはもうどうしようもない。これがどうにか出来るならば私は離婚されていないか、もっと穏やかに別れていたはずだ。

自分がどういう視線に晒されるのかわからないのが怖い。そこまで気にしない人ばかりかもしれないし、離婚されたとはいえ、この町に雪を押し付けた王家にいた私を良い目で見ていない人もいるかもしれない。

考え過ぎだとはわかっているけれど、どうしても胃の辺りが痛む。相変わらず人前に出るのが苦手な自分が嫌になった。幼い頃は一対一でも知らない人と話すのが苦手だったので、その頃と比べれば大分改善はされているけれど。もしもあの頃のままだったら、きっと今のようにアラン様と二人で楽しく話す事なんて出来なかっただろう。

「……行かなきゃ」

ここで生きていくと決めたのだから、いつまでも躊躇してはいられない。

気合を入れ直して町に向かって歩き出すと、しばらくして辺りの景色が一変した。

「すごい、雪で壁が出来ているわ」

道の両脇には高く雪が積み上がっており、人がすれ違える程度の幅が開いている。遠くに見える町の上には分厚い灰色の雲がかかっており、雪が降っているのがわかった。

町に近づくごとに寒さも増し始め、家の周囲が冬の始まりの気候だとすると、町周辺はもう真冬と言えるほどに寒い。町はずれと町中でここまで気候が違うとは思わなかった。

羽織ってきたフード付きのマントに顔を埋めるように歩を進め、辿り着いた町へと足を踏み入れる。アラン様に店の簡単な位置を教えていただいたのだが、商店街だと言われていた部分に差し掛かっても、人の流れは驚くほどに少ない。露天に店が出ている事もなく、看板を頼りに欲しい物が売っている店を探す。

緊張を少しでも和らげるために息を吐きだしてから店の扉を開けたものの、普通にいらっしゃいませと迎えられて買い物を終える事が出来た。

……わかっている、私の緊張なんて心配のし過ぎで、やってみるとこうしてあっけなく終わるほうが多い事なんて。わかっていても直らないこの人前に出る事への苦手意識は、いったいどうしたら改善するのだろうか。

様々な店を回って必要な物を買い揃えていく。店の人達も暗いわけではないし、買い物をしながら談笑している人もいるのに、雪が積もっているせいかどこか静かに感じる。

「後は食料品だけね。アラン様が好きそうだった果物も買って帰ろうかしら」

購入品のメモを見ながら歩いていると、不意に視界がすっきりとした気がした。

「あら……？」

周囲を見回してその理由に気付き、空へと視線を向ける。

雪が止んでいる。

「アラン様、町ではほとんど雪が止まないって言っていなかったかしら」

どうやら運が良かったようだ。これなら帰り道はフードを被らなくても良い。

そんな気楽な事を考えてるのは私だけのようで、周囲からはざわざわと声が上がり始めた。

「え、雪が止んだ？　嘘だろ」

「完全に止むなんて、随分と久しぶりだねえ」

「驚いたわ。うちの子は生まれて初めて見る光景かも」

道にいた人達が全員空を見上げながら驚いているのを横目に、目当ての店の扉を開ける。

店にいた先客が『雪が止んだって？』と急ぎ足で出ていくのを見送って、店内を見まわした。

店主らしき女性も窓の外を見つめているし、雪が止む事は本当に稀なのだろう。外からはざわざわと雪について話している声が聞こえ、先ほどまで感じていた静かさは感じられない。

喜び混じりの声を聞いていると私もなんだか嬉しくなってくる。彼らの声につられるように笑みが浮かんで、少し緊張が緩んだところで欲しい物を手に取って店主のもとへ向かう。

「すみません、これを」

「ああ、ありがとうございま……」

窓から空を見上げていた女性は笑顔で私に向き直った直後、大きく目を見開いて瞬きを繰り返した。続いて小さな声で「ヴェラ様？」と呟かれた事で、私の体はその場で固まってしまう。

少しの間がとても長く感じた。

「も、申し訳ありません。あの、ヴェラ様ですよね」

「……はい」

「やっぱり！　以前式典でお姿を拝見した事がありまして。この町に来られたと噂になっていたので、もしもお会い出来た時はお礼を言えたら、と思っていたのです」

「え？」

「この町への援助や補償について調査して私達の希望を通して下さったのは、ヴェラ様だとお聞きしました。本当にありがとうございます！」

にこにこと笑う女性からの言葉は私にとって予想外のものだった。

噂になっていた事、そして顔を知っている人がいた事は予想していたけれど、最初に掛けられるのがお礼の言葉だとは思ってすらいなかったのだ。

私が驚いている間も、女性は嬉しそうに笑って話し続けている。

「その、最初に王家から提示された補償は、あれば助かるけれどなくても困らないような、それこそ自分でも簡単に揃えられるような物ばかりで。貰えないよりはいいと皆納得していたのですが、その後しばらくして調査が来て……最終的に私達の希望通りの物と生活を立て直せるだけの援助金をいただけて、本当に助かりました。再調査と援助の見直しをして下さったのはヴェラ様だとお聞きしていたので、直接お礼を言えたらと思っていたのです」

その仕事については覚えている。

援助の立案は別の人だったが、どうもやりかたが悪いのか一部の人しか助かっていないような状況だとこの町出身のメイドに聞いたのだ。なので、私のほうで雪深い地方にある他国のかたに色々と聞いたり、この町に調査の人員を派遣したりして細かい調整をした事があった。

援助自体は毎年形を変えて行う予定だったので新しい案でもないし、この町の喜びの声は聴こえていたけれど、評価を受けたのは最初に案を出したかただ。上手くいって良かったと思ってはいたけれど、まさかその件で実際にお礼を言ってもらえる日が来るとは思わなかった。

自分のやった事に対して感謝されるのはこんなにも嬉しい事なのか。湧き上がるどうしようもないほどの歓喜に泣きたくなる。

「いえ、私のほうこそ、ありがとうございます」

「え？」

女性は何に対してのお礼なのかわからないようだったが、私は今、確かに救われたのだ。

私のやってきた事は王家にも家族にも評価されなかったけれど、今目の前にいる彼女のように喜んでくれた人がいるのを実際に知る事が出来たから、胸の中に引っかかっていた何かはすべて流れてしまった。

これで、過去の私にお疲れ様が言える。

「その、これからもこの町に買い物に来ると思いますので、どうぞよろしくお願いします」

「こちらこそ！　よろしくお願いいたします！」

そのまま彼女と話し続け、もう王家でもない私にあまり畏まらないでほしいとお願いし、買い物に来た人達とも話して縁を繫げて。

私の初めての買い出しは家を出た時に感じていた緊張どころか、私の中にあった傷さえすべてひっくり返してしまうような、素敵な時間を貰って終わる事になった。

アラン様が家に来るようになって一か月以上経過しただろうか。

なんだかすっかり二人で過ごす事に慣れてしまって、たまに彼が来ない日があると少し違和感を覚えるほどになってしまった。

「これは、町の……」

「はい、人気のお店の物です」

目の前のテーブルに置かれたパンは町で評判の店の物だ。暖炉で温め直したそれは湯気が立っていて、美味しそうな香りが室内に満ちている。

「一度買い物に行ってから良くしていただいているのです。いつも行くお店のかたにこのパンが美味しいと聞いたので、アラン様と食べようと思いまして」

「そうか……あの町の人達は良い人間ばかりだろう？」

「ええ。とても」

小さく笑ったアラン様が湯気の立つパンを手に取って千切り口へと運ぶのを見ながら、自分もパンを一つ手に取った。彼は相変わらず温かい食べ物を口にするたびに嬉しそうにしているので、なるべく温かい物を出すようにしている。

「もうこんな時間か」

アラン様が小さな声でそう呟いたのが聞こえて、視線を彼のほうに向ける。彼は時計を見ており、今の言葉は無意識だったようだ。私の視線で自分の呟きに気が付いたらしく、少し驚いた顔をして、どこか照れたように笑う。

「不思議だな。最近はここにいる時間もずいぶん伸びたし、それこそ前はこの家に来なくても平気だったのだが。午前中は早くこの家に来たいと思いながら仕事をして、休憩の時間が終わりに近づくほど帰りがたくなる」

それは……そうだろう、当たり前の事だ。

私は寝る前に寒さを感じれば早く布団に入ろうと思うし、朝起きて寒ければ急いで暖炉を点けようと考え、それを実行して暖を取る事が出来る。けれど彼は布団に入っても暖炉の前に立っても、この家以外の場所では暖かさを感じられない。

この家でも完全に暖かいというわけではなさそうなので、なるべく快適に過ごしてもらいたいと思って色々と考えてはいる。けれどそれも結局は、この家の中である事が前提だ。彼も王としての仕事があるので、この家に長時間はいられない。

「もう、いっそここで仕事がしたいくらいだ」

何か出来る事はないかな、なんて考えていた時に、アラン様がぽつりと呟いた言葉。冗談交じりだったものの、おかげで私は以前考えていた事を口に出しても良いのだとわかった。

「アラン様さえよろしいのでしたら、仕事用に一部屋空けますよ」

「えっ……いい、のか？」

「ええ、私のほうは大丈夫です。使う部屋を片付ける必要はありますが」

彼も訳ありとはいえ王族。本来なら気軽にこの家に入り浸れる人ではないので、こちらから持ちかけはしなかったけれど、彼の周りの状況が許すならば仕事場がここでも問題ない。凍えながらの仕事よりも暖かさを感じる場所のほうが進みも早いし、持ち出せないような重要な仕事は今まで通り城ですればいいだけだ。

異母弟の元妻が一人で暮らす家に通うという体面の悪さはあるけれど、この家では彼の加護の影響が緩和されるという理由を公言してしまえば何の問題もないと判断される。それほどまでに加護の影響というものは強いのだ。

アラン様の大きく見開かれた目が嬉しそうに細められたのを見て、もっと早く提案すればよかった、なんて思った。

アラン様はすぐに私の家に通えるような状況を作り上げてきた。

部屋はどこでも良いと彼は言うが、家に来るたびに目を細めて中庭の花を見つめる彼のために、中庭が綺麗に見え、そして滅多にないとはいえ晴れ間が覗く時には日光が当たる部屋を選んだ。ここにも荷物や埃は積み上がっているので、即使用出来るわけではないけれど。

だからこそアラン様が正式に通い始めるまでの間に片付けてしまおうと思っていたのに、話をした二日後には彼の準備が終わっているというまさかの状況。片付けにお城のかたの手を借りる必要があるかも、と焦ったのだが、私は今、アラン様と二人で部屋を片付けるという不思議な時間を過ごしている。

どうやら彼は自分がこの家で過ごす間、あまり他の人を入れたくなかったようだ。人出を手配しなかったらしい。

以前、見回りの兵士さんと家の前で話している時にちょうどアラン様が来た事がある。

兵士さん達の間に瞬時に緊張が走り、アラン様は気まずそうに視線を逸らして……彼が恐怖の対象として見られている事が一瞬で察せられてしまえるような空気だった。

アラン様はそれを仕方ないと片付けてしまっている。しかし周りを気にせずに寛げるこの家でくらいは、そういう視線を向けられたくないのだろう。それと同時に兵士さん達が怖がる時間を減らしたいとも思ってもいるようだが。

「また仕掛け箱か。厚みはないがずいぶん大きいな」

「同じ大きさの物を開けた時は、古い童話や曾祖父の仕事の書類が出てきましたよ。それも似たような物かもしれません」

色々な部屋に置いてある仕掛け箱は、すでにそれなりの数が溜まってきている。その内の一つを見つめるアラン様の横顔は笑顔のままで、この状況を心から楽しんでいるようだ。

「しかし不思議だな。なぜこのような形で保管しているのか……」

「何か理由があるのかもしれませんが、曾祖父(そうそふ)の性格を考えると遊び心で入れた可能性も高いので、何とも言えませんね」

世界中を回り、様々な物を集めたり独自の文化に触れたりするのが好きだった曾祖父。思いついたら即行動、みたいな部分もあった人なので、楽しそうという理由だけで近くの物を適当に詰めた可能性も否定出来ない。

「仕掛け箱ではありませんが、暗号が書かれた紙が絵に挟まっていた事もありましたよ」

「解いたのか？」

「ええ。三日ほどかけて家の中を巡って、荷物をかき分けて。最終的に棚の奥に隠された箱を見つけたのですが、中身は文具の詰め合わせでした」

非常にわくわく出来た一日だった。出てきた文具はとても使いやすい上にデザインも素敵な物が多く、今も重宝している。

「暗号か。見つけるのも解読するのも面白そうだな」

「仕掛け箱と同じように山になっていますし、おそらくまだ私が見つけていないものもあると思うので是非解いて下さい。私も見つけては解いてと遊んでおりますが、数が多い上に難しいものもあって溜まっていく一方で」

「それは楽しみだ」

初日の無表情が嘘のように、彼の表情はころころと変わる。おかげで最近ではあまり表情に変化がない時でも、彼の気持ちを読み取れるようになってきた。

今も自分で暗号を見つけて解いてみたい、という感情が素直に表情に出ている。

仮にも王様に部屋を掃除させるのはいかがなものか、と思ったのだが、彼が生き生きと部屋を片付けているのを見て何も言えなくなってしまった。

――自室を掃除するのは慣れている。

――え？

――あまり皆を怖がらせたくはないからな。自分で出来る事は自分でやっているんだ。

当たり前のようにそう言ったアラン様を見て、お城ではほとんど一人で過ごしている事を知った。静まり返った部屋で凍え続けながら一人きりで取る食事が、当たり前になっていたようだ。彼が私との食事を楽しんでいる理由が嫌でも理解できてしまう。

彼は国民に怖がられてはいても憎まれているわけではない。この家のような彼の加護の影響が和らぐ場所が他にもあれば、彼らの関係性も変わるのだろう。

それが難しいのはわかっているので、せめてこの家でくらいはアラン様に好きに過ごしてもらいたい。温かい物が食べられる事、そして自分を怖がらない誰かと食卓を囲む事。アラン様にだってその時間を過ごす権利はある。

私も一人きりの食事の合間に、彼との食事の時間があるのは嬉しい。

「机はこのまま使わせてもらっても良いか？」

「ええ、大丈夫です。部屋の家具はご自由に使って下さい」

「ありがとう。ん？　なんだこの、像？」

「曾祖父が集めていた謎の置物ですね。他の部屋にもありましたよ」

「これも何かの謎解きだろうか？」

「その可能性もありますが、何もかもが怪しく見える家ですし、ただの像の可能性もあります」

「なるほど。色々と目移りしてしまうな」

「それもあって、私も片付けが進まないのです」

アラン様ははは、と声に出して笑う。普段はとても落ち着いた大人の男性、といったイメージだけれど、最近の彼はまるで少年に戻ったようだ。

笑いながらも気になる本を見つけたらしいアラン様が、本棚から本を抜き取った時だった。

ガコッ、という何かが動く音が室内に響く。

アラン様は大きく目を見開いたが、それは私も同じだ。二人で視線を交わして、同時に音のしたほうを見る。本棚の横の壁にあった絵画が傾き、後ろに隠されていたらしい小さな空洞が見えていた。

無言のまま絵を下ろしてその空洞をのぞき込んだ私達の目に飛び込んできたのは、穴の中にぽつんと置かれた小さなトロフィー。一緒に入っていた紙を手に取ってみると、それは『発見おめでとう！』とだけ書かれているメッセージカードだった。

「これは……？」

トロフィーと私の手元のメッセージカードを見比べるアラン様の横で、不意に幼い頃の記憶が蘇る。懐かしさに思わず笑みが零れた。

「これ、きっと私が幼い頃に見つけられなかった物の一つですね。曾祖父がよく宝探しゲームだと言って私に謎解きさせていたのですが、いくつか見つけられなかった物もあって……別の場所で見つけた同じトロフィーも一つ持っていますよ」

見つけやすい場所には曾祖母の作ったお菓子が入っていたり、見た事のない可愛い花で出来た髪飾りが入っていたりしたが、こんな風に見つけられないまま終わってしまった事もあって悔しい思いをした事もある。

そういえばあの髪飾りの花、未だに何の花なのかわからない。今度図鑑でも探してみよう。

メッセージカードを見ながら思い出を振り返っていた私に、そっと壁の中にあったトロフィーが差し出される。顔を上げると、アラン様が優しく微笑んでいた。

「ようやく発見だな。おめでとう」

差し出されたトロフィーを、そっと彼の手ごと彼の前へと戻す。手袋越しに伝わる冷気を感じながら、不思議そうにする彼に向かって私も笑いかけた。

「見つけたのは私じゃありませんよ。おめでとうございます、アラン様」

一瞬息を呑んだアラン様だが、すぐに笑顔になった。照れ交じりの、本当に嬉しそうな笑み。

「なんだか不思議な気分だ、ありがとう。大切にする」

ご機嫌な様子でトロフィーを持って顔を上げたアラン様は、周囲を見回して苦笑した。

「いかんな。実際に見つけてしまったせいで、よけいに周りの物が気になってきた。ここは暖かくて城よりも仕事が捗ると思っていたのだが、これでは気になる所を見つけるたびに仕事を中断してしまいそうだ」

彼の言葉を冗談として捉えられないのは、私も同じように掃除を中断してしまう事があるからだった。本当に誘惑の多い家だ。そこも含めてこの家が好きなのだが。

穏やかに笑いながら二人で掃除を再開する。

そうして一部屋を二人掛かりで一日かけて綺麗にした結果、明日から仕事が出来るくらいまではなんとか片付ける事が出来た。アラン様が使う机の片隅にあのトロフィーが飾られているのを見つけ、こっそりと笑う。

私の心を癒やしてくれるこの家が、彼の心も癒やしてくれると良いのだけれど。

アラン様が私の家を仕事場にして通い始めてから、あっという間に時間は過ぎて行った。カロル様と離婚してからまだ一年も経っていないのに、私の周囲はずいぶんと変化している。

身の回りの事はすべて自分で出来るようになって、雪が積もる環境にも慣れてきた。

こうして花に水をやったり剪定したりする事にも慣れたし、無理なのはわかっているけれどこの花達をじいやにも見てもらいたいくらいだ。

アラン様の仕事部屋に飾るために切った花は、彼がよく見つめている花ばかり。どの花が好きなのか具体的に聞いた事はないけれど、その辺りは花を見つめている彼の視線が明確に示しているので問題はない。後で花瓶に飾ってから持って行こう。

そう決めて顔を上げると、二階の窓越しにこちらを見ていたアラン様と目が合った。笑いかけられたので、それに笑い返してから自分も家の中へと戻る。

彼もちょうど休憩時間だ。

アラン様がこの家で仕事を始めて二か月ほど経ち、彼の仕事のペースも摑めてきた。台所でコーヒーを二人分淹れ、甘党なアラン様のコーヒーに砂糖を多めに添えておく。

カロル様に紅茶やコーヒーを出す時もこうして砂糖を増やしていたので少し懐かしい。一日中、国のためにと働く彼が少しでもリラックス出来るように、夜眠る前のお茶にも甘い菓子を添えるのが当たり前だった日々。

何年も離れて暮らしているのに、アラン様とカロル様は甘党度合がそっくりだ。紅茶よりコーヒーに入れる砂糖のほうが多いのも、スコーンに山のようにジャムを載せるのも。甘い物を食べて緩む表情はまるで双子みたいで、やはり異母とはいえ兄弟なんだな、なんて思う。

焼き菓子の横にたっぷりのジャムを添えて彼の仕事部屋に向かうと、彼はすでに休憩用のテーブルのほうへ移動していた。

「お待たせしました、どうぞ」

「いや、ちょうど区切りが良いところまで進んだところだ。いつもありがとう、ヴェラ」

そんな会話をしながらテーブルを挟んで向かい合って座る。最初の頃に彼より先に腰かけるわけにはいかない、と緊張していたのが嘘のようだ。湯気の立つカップに嬉しそうに口を付ける彼を見て、なんだかおかしくなる。

「あの、アラン様」

「ヴェラ」

「あ、その……あの、やはり難しいのですが」

「俺自身がそうしてほしいと言っているのに、何の問題もないだろう?」

「それはそうなのですが」

楽しそうにコーヒーを飲みながらも視線だけで私を見るアラン様からは、謎の圧を感じる。

「……アランさん」

「ああ、なんだ？」

先ほどの笑顔よりもずっと嬉しそうな彼の笑顔を見て、まいったなと苦笑する。確かに仲良くはなったたし、彼は私と同じような立場だとは言うが……完全に王族でなくなった私と、この町を国として治めている彼とではまったく違う。

そんな私に様付けはやめてくれと、自分と友になってほしいと、そう言った彼に初めの頃は遠慮と言うか、遠まわしに無理だと伝えていたのだけれど、結局押し切られてしまった。

彼は今、加護を得た時に失った『人と親しくなる』という事を久しぶりに体験している。

アラン様にとって私は、人目を気にしなくてもいい家の中で二人きりになる時間が長く、また自分の事を怖がらないという唯一の条件も満たせる相手だ。お互いに趣味が合う部分もあって楽しく話す事も出来る。

私も彼と友人になれるのは嬉しいのだが、最初は相手の地位が高すぎて気後れしていた。けれど、初対面の日に氷のように表情が変わらなかった人が、私が少し言葉を崩すだけでまるで子どものように笑うから、結局ほだされてしまった。

呼び捨てでと言う彼にせめて『さん』付けで、と押し切ったけれど、いまだ慣れず様付けで呼んでしまう事もあるし、言葉もつい丁寧になってしまう。

元々誰かを呼び捨てで呼ぶのは苦手なのだ。たとえば私に親しい家族や弟妹がいれば呼べたのだろうが、他人相手ではなかなか難しい。

「言葉遣いは徐々に慣れると思うので……」

「ああ、楽しみにしている。で、どうした？」

残念ながら丁寧な口調が完全に取れる日は相当遠いと思うけれど、彼が納得してくれているのでよしとしておこう。先ほど言おうと思っていた事を思い出しながら口を開く。

「少し前に部屋のお礼に何かやってほしい事はあるか、とアランさ、んに聞かれたでしょう？」

「ああ」

危ない、さっそく様付けで呼ぶところだった。

「あの、実は以前頂いた氷の花が完全に溶けてしまって。アランさんさえよろしければ、また一輪凍らせていただけたら嬉しいのですが」

「…………は？」

たっぷりと間を開けた彼の口から、掠れた声が零れる。まん丸に見開かれた目、彼のこの表情を見られるのも今は私だけなのだろう。突拍子もない事を言っているつもりはないのだけれど、私の発言はアランさんを驚かせる事が多いようだ。

驚いた彼はすぐに笑みを浮かべ、ははは、と笑い声が響く。

「本当に、君は……ああ、いいぞ。好きな花を持って来るといい」

「ありがとうございます！」

早速用意していた花を一輪テーブルの上に置くと、さらに彼の笑い声は大きくなった。

「一輪か、花束でなくてもいいのか？」

「ああ、確かに。花束の方が良かったかもしれませんね……」

どうしよう、一輪でも十分綺麗だけれど花束も捨てがたい。

悩む私を見たアランさんは、先ほどまでの子どものような笑顔を消して穏やかに笑った。

「ならどちらも作ろう。今はこれを凍らせて、後で君が好きな花を束にして持ってくればいい」

「いいのですか？」

「もちろんだ。これからも凍らせたくなったらいつでも言ってくれ」

手袋に触れた彼は一瞬躊躇したが、すぐに手袋を取って花の茎をつまんだ。花は彼が触れた茎の部分からぴしぴしと音を立てて凍り付いていく。青い大きな花が氷の中に浮かびあがる。

相変わらず綺麗で、つい見惚れてしまう。

手袋を付け直した彼から渡された氷の花はやはり冷たいが、それでも嬉しい贈り物だった。

「ありがとうございます」

「いや、俺のほうこそありがとう」

こんな風に誰かと穏やかに笑い合う日々が来るなんて、この家に来たばかりの私では想像すら出来なかった事だ。彼は私に色々と感謝してくれるが、私だって彼には感謝している。

本末転倒になってしまうが、この氷の花のお礼も兼ねて彼に何か返したい。

会話を続けながらも頭の隅で何が良いかを考える。何か買って渡そうかと思ったけれど、逆に気を遣わせてしまうし、金銭を絡めてしまうと私も次から頼みにくくなってしまう。

氷の花も手作りの物だし、私も何か作って贈るのはどうだろうか?

高級品がいくらでも手に入る立場のかただが、防寒用品ならいくらあっても困らないはずだ。

少し前に曾祖母の使っていた裁縫道具が出てきて以来、私は手芸も楽しみ始めている。つい先日も自分のひざ掛けを作り終え、読書や裁縫時のお供にしている。使った布は町で購入した物だが肌触りも良く、熱も逃さない生地だったのでかなり暖かい。今度あれと同じ生地で柄や色の違う物を買って来よう。

花の世話といい手芸といい、どうやら私は一人で黙々と出来る作業が好きなようだ。

喜んでくれるだろうか、なんて考えたのが久しぶりで、なんだか楽しくなった。

そう決めてから買い出しに行き、アランさんの仕事を手伝いながら数日かけて大判のひざ掛けを完成させる。人にあげる物だから、と今までで一番丁寧に作ったのだが、我ながら良い物が出来たのではないだろうか。これなら贈り物にしても問題ない。

そんな訳で、緊張しながらもアランさんの休憩時間に彼の前に差し出してみた。

「これ、氷の花のお礼です」

「……俺に?」

「はい。私の手作りで申し訳ないのですが」

「手作り、そうか」

そっとひざ掛けを手に取ったアランさんが少し照れくさそうに笑ったのを見て、困らせずに済んだ事に安堵する。迷惑だったらどうしようかと心配だったけれど、大丈夫そうだ。

「誰かから自分のためにと作られた物を貰うのはいつぶりだろうな」

「アランさん……」

「いや、ありがとう。大切に使わせてもらう。だがあの氷の花は、この家を使わせてもらうことへのお礼だったのだが」

「お礼を渡したいと思うほど、私にとっては嬉しかったので」

「このままでは永遠に礼のやり取りをする事になってしまうな」

それはそれで楽しいかもしれない。照れた表情のまま面白そうに笑う彼を見て、そんな風に思う。彼と過ごす日々のなんて事のない、穏やかな時間の一部。

そんな気軽な気持ちで贈ったひざ掛けが大きな驚きになったのは、次の日の朝だった。

いつもの時間より少し早く家に来たアランさんは急いで来たのか少し息が上がっていて、家に迎え入れようとした私の手をがしりと両手で包んだ。

「ありがとう……！」

「えっ」

突然お礼の言葉を言われて驚く私に、彼は今にも泣きだしそうな笑顔を向けてくる。

手袋があるとはいえ、彼のほうから私に触れてきたのは初めてだ。普段ならば偶然手が当たる事にすら警戒しているので、彼は私が握手のために伸ばす手にしか触れる事はない。

だからこそ、彼のほうから勢い良く手を握られた事への驚きは大きかった。

そして私の驚く様子にも気づかず、高揚して手を握り続けながら話す彼を見たのも初めてだ。

「昨日君がひざ掛けをくれただろう？　城に帰って使ったのだが、ちゃんと暖かかったんだ」

「ええっ？」

アランさんが暖かさを感じられるのは、加護の影響が残っているこの家でだけだ。他の場所ではどれだけ厚着をしても火の傍にいても、体の中から寒さが湧き上がってしまう。

「気のせいかと思って何度も膝に掛けては外してを繰り返したさ。だが確かにひざ掛けの部分が少し暖かくて。久しぶりに暖かさを感じながら眠る事が出来た。本当に、ありがとう！」

「……あなたの役に立ったなら、私も嬉しいです。良かった」

「ああ……っすまない！」

笑顔を崩さずにいた彼だが、私の手を握り締めている事にようやく気づいたらしく、慌てて手を離した。冷たい感触が離れていった事で、ひざ掛け程度の布面積では彼の全身は覆えないと気が付いて少し悩む。

「……アランさん。昨日言っていた花束、凍らせてもらっても良いですか？」

「ああ、もちろんだ」

「お礼は何が良いですか？　私の裁縫の腕ではまだ複雑な物は作れませんが」

不思議そうな彼に笑いかける。彼が暖かさを感じるのならいくらでも作るのだが、私から贈るばかりでは彼も気を遣うだろうし、贈り合いという名の物々交換にしてしまえばいい。

「厚くて大きな布が手に入れば布団でも良さそうですし、ストールみたいな身に着けられる物でも良いかもしれませんね」

私の言葉の意図に気付いたらしいアランさんは、一瞬驚いた後に心底楽しそうに笑った。

「本当に、君と出会ってから驚きと幸せの連続だ」

その笑顔が本当に幸せそうに見えて、私もつられるように笑った。そのまま彼を迎え入れたのだが、いつもならば仕事を始める彼と今日は向き合って座っている。

話題はもちろん、あのひざ掛けの事だ。

「でもどうして、この家の外でも暖かかったのでしょうか？」

「わからない。だからこそ俺も驚いている」

「そういえば少し前にコートが汚れてしまった時、曾祖父(そうそふ)の物をお貸ししましたよね。その時はどうでした？」

「いつものコートと変わらなかったな。体の底から湧いてくる寒さは感じていた」

「この家から持ち出しただけの物では駄目、という事ですか」

「おそらくな。予測でしかないが、この家の現家主である君がこの家の中で作った事で、加護の余波が多く残ったのかもしれない」

「そう、でしょうか。確かに今はそう考えるしかありませんけど」

「精霊の事はわからない事ばかりだからな。国の研究者にも聞いてはみるが、この家に加護が残っている理由すらわかっていない状況だ。あまり期待は出来ない」

「そういえば、曾祖父も精霊について研究していたような……」

「そうなのか？」

「幼い頃の事なのでうろ覚えですが、机に向かう曾祖父に何をしているのか聞いた時、精霊について調べていると言っていました」

「実際に加護を持った人物の研究か……資料や研究の日誌なんかは残っていないのか？」

「そういった物を捨てる人ではありませんし、おそらくあるとは思うのですが」

「どうした？」

言葉を濁す私に、不思議そうに問いかけてくるアランさんに苦笑いで返す。曾祖父が本当に研究をしていたのならばあるはずだ、きっと、おそらく。

「その、未だ手つかずの部屋のどこかかと」

私の答えを聞いたアランさんの顔も引きつる。この家、半年近くかけて片付けているにもかかわらず、未だに手つかずの部屋が数多くある。ともかく物が多すぎるのだ。

一部屋にまとめようと思った本はすでに書斎に収まりきっておらず、謎の仕掛け箱や金庫なども際限なく出てくるため、片付けた部屋のいくつかはそれらを仕舞う倉庫になっている。

「絶対にあるとも言えませんし、あったとしてもどの部屋にどういう形で残されているのかもわかりませんから。片付け中に出てきたら幸運だと思うしかありませんね」

「そうだな。今は暖かいというだけでも十分だ。ありがとう、ヴェラ」

「……いえ、こちらこそありがとうございます」

アランさんは私がお礼の言葉を返した事を不思議に思ったようだが、これは紛れもなく私の本心だ。最近はたくさんの人からありがとうの言葉を貰っている。町の人や兵士さんに言われる事も多いけれど、一番多いのはアランさんだ。些細な事でもありがとうと言って貰えるのがこんなに幸せだとは思わなかった。

おかげさまで最近は幸福感で満たされている。

「そうだ。アランさん、お花少し持って帰りませんか」

「いいのか？　この国では貴重だぞ？」

「それが……最近は中庭の地面が見えないほどに咲いておりまして。家の中に飾ったり加工したりもしているのですが、それでももう追いつかない状態なのです」

「確かにすごいな。君が良いならば是非貰おう」

この部屋からも見えるが、今中庭は様々な色の花で溢れている。種も取るつもりではあるけれど、すべてそのまま枯らしてしまうのももったいない。

「ご希望の花はありますか？」

「いや、君が選んでくれ。仕事部屋に飾ってある花も毎回気に入っているからな」

「わかりました」

「ありがとう。じゃあ俺は仕事を、ああ、いや。もう一ついいか？」

「はい、なんでしょう？」

「実は少し前から君に頼みたいと思っていた事があるんだ。今日話そうと思っていたのに、ひざ掛けの件で吹き飛んでいた。君は今、俺の仕事を手伝ってくれているだろう？」

「え、ええ。ですが手伝いともいえない資料整理程度ですよ」

「書類関係は正式に契約していない人間には見せられないから当然だ。それ以外にも俺の仕事部屋の掃除や食事作りもそうだし、備品の補充も全部やってくれているじゃないか」

「え、ええ……」

食事は私も一緒に食べる事を楽しんでいるし、掃除や備品の補充もお城でやっていた時と違って、彼一人分の僅かな事だけ。とても仕事の手伝いなどとは言えない、本当に些細な事だ。

「やはり、カロルの……」

私があまり納得していない事に気が付いたのか、アランさんの表情が訝しげなものに変わる。

「え」

「いや、なんでもない。君がどう思っているのかはわからないが、俺は十分助かっている。そもそも城でも君と同じような仕事をしている人間がいる以上、君の働きも仕事という括りに入れていいものだ。君だけが例外なはずもない。そしてそれは、たとえ君が皇太子妃だった頃であっても変わらないはずだ」

なん、だろう？

妙な気分だ、あまり考えたくないというか、思い出したくない。

「ともかく、今まで無償で手伝ってもらっていて悪かった。君さえよければ正式に俺の補佐として働いてみないか？　急ぎではないと言っていたが、仕事は探していたのだろう」

「それは、ありがたいですけれど。良いのですか？」

「むしろこちらからお願いしたいくらいだ。もちろん正式な仕事になるわけだから、俺が頼み事をする時もあるだろうし、俺以外の城の人間とかかわる事もあるかもしれないが」

「……わかりました。どうぞよろしくお願いいたします」

花屋になりたいなんて漠然とした夢のようなものは出来たが、現実的に考えればすぐになれるものでもないし、具体的な計画があるわけでもない。離縁金があるとはいえ働いていない状況では不安もあるし、この申し出は私にとってもありがたいものだった。

正式に補佐として契約してしまえば、アランさんが忙しそうな時でも手を出せずにいた書類も手伝えるようになるだろう。

私の生活はまた一つ、小さな変化を迎えるようだ。

そうして始まったアラン様の補佐と言うか、秘書的な仕事を始めてからしばらく経つが、正直やる事は変わっていない。仕事部屋を整え、食事やお茶の用意をし……強いて言うなら、ある程度の書類仕事やお城の方々とのやり取り等が増えただけだ。この程度の働きでお給料をもらっても良いのだろうかと思うのだが、アラン様だけでなく城の方々からも助かっているとお礼を言って貰える事が多い。人脈も広がって、町で会った際に話せる人も増えた。

日が沈む直前に玄関前で声をかけてきた人も、そうして顔見知りになった一人だ。こんばんは、と挨拶してくれた兵士さんは今日は休みだったのか、兵士の服ではなく私服だった。

「こんばんは。今日はお休みですか」

「ええ。実は娘の誕生日でして。城下町に花を買いに行っていたのですが……」

そう話す彼は特に花束などは持っておらず、表情もどこか気まずそうだ。

「何かあったのですか？」

「いえ、それが妙な事になっていて」

「妙な事？」

「城下町の花屋を数軒回ったのですが、花がほとんどなくて。なんでも最近花の出来が良くないらしく、今は予約制にしているらしいのです」

「えっ」

アラン様の加護の影響が及ぶこの町とは違い、本国の城下町は雪の影響などないし、私がいた頃にも花が足りないなど聞いた事がない。花屋だってそれなりの件数があったはずだ。

じいやは大丈夫だろうか、と思ったのは一瞬で、すぐに大丈夫だろうと思い直した。私なんかとは比べ物にならないくらい草花に詳しい人だ。むしろ私が心配している事を知ったら、そんな事より自分の事を心配して下さいと言われてしまうだろう。

「どうもいきなり気温が下がったらしく、花の供給が追い付かなくなったそうです。言われてみれば確かに前と比べて寒い気もしましたが、私はこの町に慣れていますから」

「雪がないだけでも暖かいですからね」

「ええ。それに突然の寒さに対応が追い付かないだけで、少し経てばまた品は揃(そろ)うそうです」

「そうですか、良かった……！　もしよろしければ家の花を持っていきますか？」

「良いのですか？」

「ちょうど咲き過ぎてどうしようか悩んでいたので、是非(ぜひ)」

「ありがとうございます！　すみません、実を言うと少し期待しておりまして」

照れくさそうに笑う兵士さんを見て私も笑ってしまう。急いで家の中に入り、先ほど摘んだばかりの花を組み合わせて花束を作る。曾祖母(そうそぼ)の裁縫道具の中にあった可愛らしいリボンや薄手の紙を使って束ねただけだけれど、これればかりは仕方がない。

そんな簡易的な飾りつけの花束だが、兵士さんは本当に嬉しそうに喜んでくれた。

「ありがとうございます！　他にも贈り物は用意したのですが、娘が花が好きなので。これで無事に渡してあげられます」

お金を出そうとする彼に売り物ではないからと遠慮する。それでも、と言う兵士さんもいつも見回りに来てくれるお礼だと言うとしぶしぶだが引き下がってくれた。何度もお礼を言いながら去って行く笑顔の兵士さんを見送り、私も笑顔になる。

私、やっぱり花屋になってもやって行けるのではないだろうか、なんて。


「花屋か、確かに君なら出来るかもな」

一晩経っても嬉しさは引かず、次の日にアランさんにもその事を話すと、笑顔で肯定してくれた。

「最近、たまに俺も花を貰って帰るだろう？　俺の部屋に飾るもの以外は城内に飾ってもらっているが、おかげさまで城の中も明るくなった気がするよ。生の花はどうしても他の町に買いに行く必要があるから、城に飾る事は本当に少なかったんだ。皆喜んでいるし、花を見ながら話している事も多い」

その様子を思い出しているのか、アランさんの口元の笑みが消える事はない。兵士さんや町の人たちと話していて気づいたが、やはりアランさんは嫌われているわけではない。ただ恐れられているだけだ。そしてアランさんも怖がられているから距離を置いているだけで、国民の事が嫌いなわけではない。

私の花は彼らの距離を少しでも縮められただろうか？　一気には無理でも、きっかけくらいにはなってくれていたら嬉しいのだけれど。

アランさんもお城の人達も町の人達も、みんなみんな私に優しい。この町に来て嫌だなと思った事がほとんどない。お礼を言われるたびにむず痒くて、でも幸せで。

「このまま、ここで穏やかに暮らして、将来は小さい花屋をやってみたいかも」

「良い夢だな」

いつかの未来、私はこの町で何をしているのだろう？

このままアランさんの補佐をしていたとしても、それこそ花屋を始めたとしても、別の何かをしていたとしても。

この町でならばきっと、皇太子妃でいた時よりも幸せなはずだ。

✿ 間章　冬の加護を持つ王の変化【１】

薄暗く広い部屋に一人きり、黙々と机に向かい仕事を進める。厚い雲に覆われたこの国で自然の光で部屋の中が明るくなる事はほとんどない。寒さに震えながら厚い手袋に覆われた手で仕事をする事にも、室内でも分厚いコートが脱げない事にもすっかり慣れてしまった。

「この静けさも、当たり前のものだったんだがな」

ぽつりと呟いた言葉は、広い部屋に一人きりのせいで大きく響いてしまった気がする。加護を与えられたばかりの頃はまだ子どもだった事もあって、この広く誰もいない部屋が寂しくてしかたがなかった。

常に愛情を持って接してくれる家族や城の人々に囲まれながら、優しい国民達が住むこの国を治める王になるのだと思っていた幼い頃の自分。そんな希望だけを持って勉強や鍛錬に励んでいた日々は、ある日突然与えられた加護のせいですべてなくなってしまった。

己の意志関係なく素手で触れたものを凍らせる力、周囲に降り注ぐ大雪、寒さで死ぬ事はなくとも常に凍え続ける体、口にする物すら触れた時点ですべて冷えてしまう苦しみ。

しかし精霊の加護によって降り続く雪の価値は高く、春の精霊の加護を失った上に甚大な雪の被害を受けてしまった国では加護は必須。国への影響を最低限にしつつ精霊の加護を得るため、俺は生まれた国の王位継承権を失い、国の端にあったこの町を独立国家という形にして治める事になった。

周りにいた笑顔の大人たちはいなくなり、時折様子見に来る世話係も自分に触れないよう異常なほどに距離を開け、雪の被害をすべて負わされる事になった国民達からも良い感情を向けられない日々。

色々な事を諦めたのは早かったと思う。

もう一人でいい、王になるために努力してきた日々の結果を、そこで得た知識を、自分の力の巻き添えにしてしまったこの国の人々のために使おう。雪の被害に嘆く人々の生活が少しでも楽になるように、自分の中の寂しさは見ない事にして。

そう決めてから十年以上経ち、その間も周りの環境はほとんど変化しないままだった。

……つい最近までは。

日課となったあの家の事を、笑顔で迎えてくれるヴェラの事を思い出して口元が緩むのが自分でもわかる。寒さしか感じなかったはずのこの部屋でも、彼女がくれたひざ掛けのおかげで足元だけはほんのりと暖かい。

誰かと会うのが楽しみになるなんて、精霊の加護を受けてからは初めてだった。

今日も朝から彼女の家で仕事をする予定だったのだが、昨日雪で遅れていた手紙がまとめて城に届いてしまったので出発が遅れている。急ぎ返信が必要な物も多く、ヴェラの家に行く前に返事を書き終えなければ間に合わない。

昨日の段階である程度は終えてはいたので、残りの数通に目を通し、まだ返事を出すまでに猶予があるものは別に分けておく。

「あと一通か」

手紙の束を黙々と仕分け、机に残る手紙はようやく最後の一通になった。この手紙の返事が急がないものならば、午前の内にヴェラの家へ行けそうだ。気持ちが高揚していくのを感じながら最後の手紙の封を切る。

手紙に書かれていた差出人の名前は見覚えのある家名ではあるが、直接交流した事のない相手だ。嫌な予感を覚えつつ、封を切り読み進める。

文章を目で追う内にどんどん嫌悪感が湧きだしてきて、つい顔をしかめてしまった。

「……ふざけた家だ」

思わずそう呟いて、急いで手紙の返事を書いて立ち上がる。先ほどまでの良い気分が台なしだ。早くヴェラの所に行きたい。今から行けば午前の内には着くだろう。昼食は何だろうか？

「まるで幼い子どものようだな」

自分の事ながらおかしくて苦笑してしまう。この年齢になって昼食が楽しみでそわそわするだなんて。だがそう感じてしまうほどに彼女が作ってくれる食事は温かくて美味しくて、そして彼女の持つ雰囲気と似ていて、食べているとなんとなく落ち着くのだ。

体の芯から伝わってくるような寒さも、あの家の中でだけはほとんど感じない。

「この部屋で過ごす寂しさが増した事が、唯一の難点だな」

平気だったはずだ、慣れてしまったはずだった。けれどヴェラと出会ってからは、この部屋がまた寂しいものになってしまった。

「贅沢な悩みだ」

苦笑しながら手紙の束を持って部屋から一歩出たところで、周囲の視線が一気にこちらを向き、部下が一人、こちらへ歩み寄ってくる。

「仕事に行ってくる、後は頼む」

「は、はい。その、供は……」

「いや、大丈夫だ。いつもの家だからな。この手紙だけ各所へ届けるように手配してくれ」

「かしこまりました」

近くの机の上に先ほどの手紙を置くと、雪除けのマントが差し出される。受け取ろうとしたそのマントは俺が触れる前に、びくりと震えた部下が手を引いた事で床へと落ちた。

あっ、と言う兵士の慌てた声に大丈夫だと返して自分で拾い、袖を通す。

「も、申し訳ありません！」

「いいんだ。気遣ってくれてありがとう。マントはそこの机の上にでも置いてくれればいい」

「は、い……」

申し訳なさそうな兵士の顔を見て自分のほうが申し訳なくなる。部下は悪くない、こればかりは仕方のない事だ。誰だって触れただけで全身を氷漬けにされるような相手に触れたくないだろう。むしろ彼は気遣ってくれているほうだ。何とかして俺の力になろうとしてくれている。こちらを遠巻きに見ている皆も仕事面ではしっかりと俺を支えてくれているし、何の問題もない。幼い俺が彼らの前で起こした事件の事を思えば、十分すぎるほどだ。

……加護を得たばかりの頃、人恋しさに負けた幼い自分が触れた人間を凍らせたのを、ここにいる大半の人間が見ている。

生活や動作のすべてに気遣わなければならず、何をするにも今まで通りにいかなくなった苦痛。好物だった食事もすべて冷たく、何を食べても気持ちは晴れなかった。

どうしようもない寒さをどうにかしたくて色々と試しても何の効果もなく、何よりも突然周りの人間が離れて行き、これから一生誰とも素手で触れ合えないのだという寂しさで潰れそうだった幼い頃の自分。

今はもうすっかり慣れたこの分厚い手袋にもまったく馴染めていなかった俺は、手袋の指先のほんのわずかな破れに気付かなかった。そしてあの日、幼い俺の境遇に同情して近寄ってきてくれたメイドの手を、当然のように握ったのだ。

その後の事はあまり思い出したくない。

甲高く大きな悲鳴と共に強い力で弾き飛ばされた自分、視線の先で指先から肩まで氷に覆われた事で恐慌（きょうこう）をきたし泣き叫ぶメイド、混乱で暴れるメイドを押さえて医者のもとへ急ぐ兵士達、周囲から俺に向けられる強い恐怖の視線。

手袋の破れに気付かなかったなど言い訳でしかない。彼女が慌てて俺を突き飛ばしていなければ、腕だけでなく全身を凍らせて命を奪ってしまっていただろう。幸いメイドは後遺症もなく無事だったが、恐怖で城を辞めて故郷へ帰って行った。彼女だって俺が守らなければならない国民の一人だったのに。

（俺が、人恋しさに負けてさえいなければ……）

あの日の事は今も後悔し続けている。

向けられていた同情すら失ったあの日から、たとえ手袋越しでも自分に手を伸ばす人はいなくなったし、それでいいと思っていたのだ。

今まで世話をしてもらっていた身の回りの事をすべて自分一人でこなせるようになるまでは苦労した。だが、それが出来るようになれば誰かの手を借りなくてもよくなる。

食事や仕事も部屋で一人で済ませるので、俺は城にいる間に自室から出る事は少ない。

俺が部屋を出てうろついていると兵士達も緊張してしまう。そもそも俺に対して恐怖を感じている人間にわざわざ近づくつもりもない。

少し前までの俺は、部屋で仕事をして、一日に一度外に出て人目につかない道を通り、誰も住んでいない町はずれまで散歩に行くのが唯一の息抜きだった。

町の人間も俺が歩いていると視線を逸らして遠巻きにしているし、用もないのに近づいて怖がらせる必要はないため、人目に付かない道にばかり詳しくなる。ただでさえ雪の被害を受け入れてくれているのに、これ以上彼らに負担はかけたくなかった。

それが変わったのはあの日、ヴェラの所へ様子見という名の偵察に行った日からだ。

カロルの元妻が国の端の人通りがほとんどない家に住み始めたと聞いて、散歩ついでに自分が様子見に行く事にした。軽く話を聞くだけならそこまで時間は取られないし、何かあっても高位精霊の加護に守られている俺に身の危険が迫る事はない。ただでさえ雪のせいで業務に支障が出る事が多いので、俺でも出来る事は積極的にやっておきたかった。

そんな軽い気持ちで訪れたのに、まさか連日通い詰める事になるとは、あの時の自分は想像すらしていなかったが。

「何かあれば使いを送ってくれ」

「はい。いってらっしゃいませ」

緊張や恐怖の感情が含まれた視線を感じながら不自然に静まり返った城内を進み、外に出るための扉に手をかける。外の世界に踏み出した自分の後ろで扉が閉まる直前、城の中から安堵の空気が流れてくるのを感じた。

彼らに対する申し訳なさだけは消えない。

国民が通らない道を通って、通い詰めているあの家を目指す。だんだん速くなっていく自分の足に苦笑して、それでも歩を緩める気にもならずに足早に慣れた道を進んでいく。見え始めた屋根に感じる安心感にゆっくりと肩の力が抜けていくのがわかった。

マントに深く埋めていた顔を出して、歩きながら手袋に破損個所がないかをしっかりと確認する。もう同じ間違いは起こさない。

家の前の花壇で花の世話をしていた彼女が俺の足音に気付き、今切ったばかりの花を抱えて笑いかけてくる。恐怖も緊張もない笑顔。寒さに囚われた日からずっと焦がれていたもの。

「こんにちは、アランさん」

「ああ。今日はずいぶん大きいな」

「ええ、最近は咲く花が多くて」

にこにこと嬉しそうに大きな花束を抱える彼女の顔を見て、まだ家に入ってもいないのに暖かい気持ちになる。

あの日、握手のために彼女から俺に伸ばされた手。

触れてはいけないとわかっていたのに、握り返すつもりもなかったのに、気付けば自分よりも一回り小さな手を握り返していた。十年以上触れていなかった人の手は手袋越しとはいえ酷く温かくて、握る事を躊躇していたはずなのに今度は放す事を躊躇して。

彼女の目にあったのは同情でも無知でもなく、ただ手袋越しなら凍らないから平気だという事実だけだ。手袋越しなら平気なのに、という仕舞い込んだはずの弱い心を引きずり出された恐怖はすぐに消えて、またここに来たいと思ってしまった。

この家でだけ感じられる暖かさも、口にする物が熱いという感覚も嬉しい。

そして目の前で花を凍らせた自分にためらいなく手を伸ばし、凍った花が解けるのを惜しいという彼女との会話も、もう手放したくはない。

彼女と話すのは楽だ。

気遣いかたが上手いというか、こちらを不快にせずに自然に気遣ってくれる。彼女自身もその気遣いを苦に思っていないのがわかるので、こちらも甘えやすい。話していると良い意味で肩の力が抜けるのは、彼女の持つ穏やかな雰囲気のおかげだろう。

ヴェラと共に家に足を踏み入れた時点で、城で感じていた寂しさが綺麗に消えている自分がおかしくて、彼女に見られない様にこっそりと笑った。

彼女と話していると、考えかたが前向きになっていく気がする。

抱えた花束を幸せそうに見るヴェラの横顔を見て、じわじわと幸福感が増していく。

加護を受けてから初めて出来た友人だ、もっと仲良くなりたい。

さて、様付けはようやく取れてきたし、後はどうやって敬語を取ってもらおうか。

✿ 間章　皇太子の変化【1】

はあ、と大きなため息をついた自分に驚いて、誰もいない部屋で口元を押さえた。

疲れからくるため息なんていつぶりだろうか。皇太子として情けない、だが……。

「疲れたな」

ぽつりと呟いた言葉が室内に響く。弱音を吐いたのもずいぶんと久しぶりだ。最近妙に疲れる気がする。あまり休めていないというか、落ち着かないというか。

「再婚の準備で忙しいからなあ……」

少し肌寒い部屋の中を歩き、戸棚を開ける。寝る前に茶でも一杯、と思ったのだが、茶葉入れの中には葉っぱ一枚入っていなかった。期待していた物がない事にがっかりしてしまう。

「誰かに頼むか……いや、今日はもういいか」

この茶葉入れが空になったのは初めて見た。使用人が補充を忘れたのだろう。この時間に頼むのも申し訳ないし、取りに行くのも億劫だ。

「最近慌ただしいからな」

再婚準備で忙しい状況では中身を補充し忘れるのは仕方がない。

再度零れたため息に苦笑しながら、ベッドに腰かけて窓の外を見る。

「……どうして、回復しないんだ？」

国内生産の状況は悪化の一途を辿っている。エスタが皇太子妃の教育を終えていないので結婚はまだ先になりそうだが、加護を国に広げるためには急いだほうが良いのかもしれない。

肌寒さを感じて上着を羽織り、正体のわからない不安と違和感に眉根を寄せた。

「結婚していないとはいえ、精霊の加護持ちが国にいる事に変わりはない。それなのに……」

国中に広がらないとはいえ、多少は加護の恩恵があっても良いはずだ。現にヴェラの曾祖父（そうそふ）殿は王族ではなかったが、国は裕福だった。

だが今は、徐々に悪くなってきている……エスタが加護を受ける前よりも。

彼女が加護を受けている事は正式に確認出来ているのに、なぜか状況は緩やかに悪くなり続けている。じわじわと、そしてゆっくりと首を絞められている気分だ。

少しの間目を閉じて考えてみるが、出せる答えは一つだけだった。

「結婚さえしてしまえば、すぐに国中に加護の恩恵が広がるはずだ」

目を開けて窓の外の町並みを見つめる。窓に映る自分の顔がどこか情けなくて、それが気に入らなくて、己の顔が映る部分を手で押さえた。不安になっている暇などない。

この手の向こう、窓の外は己が将来治めていく国だ。王として、国民が幸せに暮らせるようにする義務がある。

「必ず、あの頃のような豊かな国に戻してみせるさ」

第四章　暖かな日々の中で

アランさんが家で仕事をする事にもずいぶん慣れてきた。

私も正式な仕事として彼の補佐をしているが、正直皇太子妃として働いていた頃と比べたらずいぶん楽で、そして楽しい。

アランさんとは気が合うというか、何かをする理由やタイミングが合う事が多く、一緒に過ごしていると居心地の良さを感じる。皇太子妃だった頃と似た仕事内容なのに、彼と一緒に仕事をしているというだけで楽しく感じるのだから驚きだ。

お城にいた時よりもこの家に来てからのほうが楽しくて、そして今アランさんと過ごしている時のほうが、一人きりの時よりもずっと幸せだと思う。

「やっぱり私、こうして裏方で色々と整える仕事のほうが好きだわ」

もう少しでアランさんが来る時間だ。仕事部屋の減っていたインクや紙を補充し、少しでも暖かくなるように多めの薪(まき)を準備したり椅子の足元に毛足の長いマットを敷いたり、と彼が仕事をしやすいように部屋の中を整える。

今日は隣国に手紙や資料を送る準備をすると言っていたので、書庫から隣国の言葉の辞書や必要になりそうな本を取り出し、机の上の邪魔にならない所に置いておく。

彼が好きな食べ物もわかってきたので、その日の食事のメニューやそれに合った食器を考えるのも楽しいし、外の気温に合わせてお茶の温度や濃さ、種類を変えるのも楽しい。

一通り準備を終えて、今度は中庭で花を切って新しく整えた専用の作業部屋へと運ぶ。花を組み合わせ、リボンをかけたり植木鉢に植え替えたりして準備を進めていく。

「ふふ」

楽しくなって自然に笑みが浮かぶ。

兵士さんに花を渡した事がきっかけで、お城のかたが花を買ってくれるようになったのだ。さらにそこから話が伝わり、よく買い物に行くお店のかたが店の片隅で私の花を売ってくれるようになった。花屋、と言えるような本格的なものではないが、少しだけ夢が叶った気分だ。

「まあ、現実的に考えると難しそうだけど」

笑みは苦笑に変わるが、楽しい事に変わりはない。今は縁を辿って花屋のような仕事が出来ているだけで、いざ始めるとなると店を持つための知識どころか花の知識すら足りない。

正直アランさんが補佐として雇ってくれた事は、私にとっても将来の不安が減ってありがたい事だった。花に関しては趣味を一歩出た程度、現実は厳しい。

「でも、楽しくて幸せだわ」

お城にいた頃は常に色々な事に追い詰められているような気持ちだったので、今の余裕のある暮らしが続けられそうで安堵している。

花を売る事で町や城の人達との交流も増えたし、最近は本当に良い事しかない。

出来上がった花束を受け取りに来たお城のメイドさんに渡し、笑顔でお礼を言われる。今まではは花が必要になった時に別の町まで買いに行かねばならず、頻繁に必要な物ではないとはいえ少し不便に思っていたそうだ。私も笑顔でお礼を言ってもらえるのは嬉しい。メイドさんが帰っていくのを見送って、そのまま玄関前の花壇の世話をする。

その作業が終わると同時にアランさんが歩いてくるのが見えて、笑顔のまま彼を迎え入れた。

「私は先に花を置いてきますね」

「ああ、作業部屋を作ったと言っていたな。俺も見に行っていいか？」

「ええ、大丈夫ですけど、散らかっていますよ？」

今日の仕事は余裕があると聞いていたので、彼の希望通り一緒に作業部屋に行く事にした。

作業部屋はこの屋敷の部屋の中では少し狭めで、以前は曾祖母が裁縫部屋として使っていた場所だ。使っていたのが曾祖母だった事もあって、そこまで散らかってはいない……曾祖父の物らしき絵画や小物も多少は置いてあったけれど。

裁縫道具を見つけた時にそのまま私の趣味部屋、という事で花に関する作業部屋にさせてもらったのだ。

作業机の傍に置いてあるブリキのバケツに切ってきた花を挿していく。同じように花で埋まったバケツが三つほどたまっているので、今日の夜にでも加工しよう。半分くらいはドライフラワーにしてもいいかもしれない。

「凄い量の花だな」

「ええ。まさかこんなに咲くなんて思ってもみませんでした」

「……そうだな」

じっと花の入ったバケツを見つめるアランさんは何か考え込んでいるようだったが、すぐに顔を上げて部屋を見まわしている。彼が見つめる先には私の作業机があり、花束用のリボンや紙がいくつか置いてあった。これも曾祖母の裁縫道具に入っていた物なのだが、種類も数も少ない。今度町で別の色やデザインの物を購入してくるつもりだ。

初めて町に行くと決めた日の緊張が嘘のように、最近は町に行くのが楽しみになっている。町の人達とも徐々に打ち解け、気軽に立ち話をする事も出来るようになった。

アランさんが少し膝を曲げた体勢で低い位置にある花を見つめている横で、何を買おうか頭の中で考えながら手に持った花をすべてバケツに入れ終える。

そこでふと、机の下から一本の糸が僅かに飛び出しているのが目に入った。掃除をした時には気づかなかったが、家具を動かした時に机の下に張り付いていた糸が出てきたのかもしれない。特に何かを気にする事もなく、取ってしまおうとしゃがみ込んで糸を引っ張った時だった。

パァン、と大きな音が響くと同時に頭上に大量の何かがバサバサと降ってきて、咄嗟に目を閉じる。軽い物のようだがともかく量が多い。

少しの間降り注いだそれが止まってからおそるおそる目を開けると、目の前には私と同じようにしりもちをついた体勢で瞬きを繰り返すアランさんがいた。

少しの間見つめ合い、無言の時間が続く。

「…………ふっ！」

「っ……ははっ！」

笑い出したのは同時で、きっと表情も同じだったのだろう。

何が起こったのかわからずぽかんとしていた私達は今、なぜか上から落ちてきた大量のリボンやレースに埋まっている。どれも少女趣味の可愛らしい物やフリルたっぷりの物で、色合いも淡く可愛らしい物ばかり。私もアランさんも普段は落ち着いた雰囲気の服装を好むので、あまり馴染みがないデザインだ。

幼い女の子が着けるような真っ赤で大きなリボンが、ちょうどアランさんの頭の上に載っているのを見て思わず噴き出してしまったが、笑った衝撃で私の頭の上からもピンク色のリボンが落ちてきた。咄嗟に受け止めた事でそれに気付き、よけいにおかしくなって笑い続ける。

お互い妙にツボに入ってしまったらしく、二人揃って床に座り込んだまましばらく笑い続ける事になった。

「ここまで笑ったのは久しぶりだ」

「私もよ」

EN CYCLO PEDIA

少し経って笑いは収まったものの、笑みは浮かべたまま二人で立ち上がる。頭や肩、膝の上に載っていたリボンやレースが落ちて、床をさらに彩った。床に散らばった物に大き目の布が交ざっていた事もあって、可愛らしいレースや布で構成された海が足元に広がっている。

「凄いな、どこから出てきたんだ？」

「あの机だわ。机の下に挟まっていた糸くずを引っ張ったから飛び出したみたい」

先ほど私が指先でつまんだ糸くずの先には、細長い棒が付いていた。糸を引っ張ってその棒を抜く事で机の隠し扉が開き、中の物が飛び出してくる仕組みだったようだ。机のほうを見ると天板が持ち上がっており、中にはそれなりのスペースがある。ずいぶん分厚い板で出来ているなとは思っていたけれど、まさかこんな隠し棚のような場所があるとは思わなかった。

「絵画や棚に仕掛けがあったのは見たが、机にもあったとはな」

「曾お爺様が買ってきた物は全部疑ってかからないと駄目ね。物の多さよりも家の仕掛けのせいで片付けに時間がかかってしまいそう」

「……ヴェラ、俺が使っている机は？」

「曾お爺様が買った物ね」

「これでは気になって仕事が進まなくなってしまう」

心底困った表情のアランさんが面白くて、また笑いがこみ上げてくる。確かにこれではこの家のすべてを疑ってしまう。これからは今まで以上に一部屋の掃除にかける時間が長くなってしまいそうだ。

「どうせ片付けも何年かかるかわからないし、逆に楽しく感じられるから、これも良い事なのかもしれないわ」

「前向きだな」

くすくすと笑うアランさんだが、瞳は好奇心で満ちており、絵画や家具のほうをちらちらと見つめている。曾祖父も幼い私を見て、こんな風に微笑ましく感じていたのかもしれない。

そんな幼い頃の事を思い出して、この家が売られたり解体されたりせずに私の物になって良かったと心底思った。

体に引っかかっていたリボンやレースを取り、近くの大きな箱に入れる。細かい内容の確認は後にして、今はとりあえずまとめておこう。

「買い足す前に見つかって良かったわ」

「凄い量だからな、これでよくあの机の中に収まっていたものだ。いや、この量が詰まっていたからこそあの勢いで飛び出してきたのだろうが」

「私が最初に見つけたリボンはかなり数が少なかったから、てっきり曾お婆様が使い切ったのだとばかり思っていたのに。こんなところに隠されているなんてね」

そういえば曾祖母はこういう可愛らしいデザインの物が好きだった。さすがに今の私の服には使えないが、小物やアクセサリー、それこそ花束などに使えば可愛らしく仕上がるだろう。

部屋中に散らばったリボンたちを集めていくと、大きな箱はあっという間に一杯になった。最後にアランさんが抱えてきた大きめの布を仕舞って、一先ず片付けは終わりだ。

「ありがとうアランさん。手伝わせちゃってごめんなさい」

「……いや、俺にとっても良い事があったからな。大丈夫だ」

そう言って笑うアランさんの表情には、悪戯(いたずら)が成功した子どものような感情が見え隠れしている。一目見てご機嫌なのがわかるが、このリボンやレースの中に彼が喜ぶような良い事があったのだろうか?

「そろそろ仕事に行くか……仕事部屋の机も一度確認してみないと」

「そうね。でもまたこんな風に大量の物が飛び出して来たら、今日は片付けで潰れてしまうわ」

「今日の仕事は余裕があるが、さすがに一日片付けに費やされるのは困るな」

冗談交じりに会話しながら作業部屋を出て、アランさんと並んで仕事部屋を目指す。

仕事に余裕がある日で良かった。時間を使わせてしまった分、仕事を頑張らなくては。

カリカリとペンが走る音、アランさんの仕事用の部屋には私用の机を一つ追加したので、最近はここで補助的な仕事をしている。書類仕事、食事や休憩時のお茶の用意、その他雑用など仕事は多いが、やはり苦にはならなかった。

静かな部屋での作業はお城でカロル様と仕事をしていた時と変わらない。ただお城ではいつちゃんと人前に出るように、と指摘されるのかがわからなくて、常に緊張していた気がする。

そして何よりも、皇太子妃としての重圧が常に私を張り詰めた気持ちにさせていた。国に関わる重要な仕事である事は今も変わらないが、任せられる仕事の重さが違う。

それに……自分の机で真剣に仕事をしているアランさんをちらりと見て、すぐに視線を机の上の書類に戻す。

不思議だ、彼相手だと沈黙も心地良い。穏やかな気持ちでいられるので、仕事への集中力も上がって効率も良くなった気がする。

「ヴェラ、この国の言語の辞書はこれ以外にあるか？」

「数冊あるけれど、それよりも記載内容が少ない物ばかりね」

難しい顔をして考えこむアランさんの手元には隣国から来た手紙がある。

精霊の加護の影響で万が一の事があっては国を巻き込んだ大問題になってしまうので、アランさんの外交は直接会わず手紙でのやり取りだけで済ませるのが主流だ。様々な国から様々な言語で手紙が来るので、彼の仕事を手伝うためにはその辺りの能力が必須だった。

皇太子妃時代に必死に頭に詰め込んだ知識のおかげで苦労しないで済んでいるが。

「そうか……」

「何か困りごと？」

「いや、以前断った案件があったのだが、向こうから話を進めるという返事が来ていてな。俺の翻訳が間違っている可能性が高いから、他の辞書でも調べてみなければ」

アランさんが手紙を差し出してきたので、受け取って目を通す。どうやら手紙は隣国の王様直筆の物のようだ。この国の王妃様とはよく手紙のやり取りをしていたので、なんだか懐かしい。なんとなく親しみを感じる穏やかな女性で、彼女もよく私に手紙を下さったが、離婚した今はもちろんそんなやり取りはない。彼女との関係も切れてしまったままだ。

大勢の前に出るのは苦手だけれど、各国の王妃様や皇太子妃様と話す時間は好きだった。

色々と思い出しながら頭の中で翻訳して手紙を読み進めると、アランさんが言っていた部分に差し掛かる。ああこれか、と自分が以前悩んだ事のある文脈を見つけて顔を上げた。

「この部分はあちらの国の独特の言い回しね。この単語は前の文じゃなくてこちらの文に掛かってくるから『今回は残念だが次に機会があればよろしく』という意味になるはずよ」

「そうなのか。どこの文だ?」

「この一枚目の後半の……」

アランさんが作業している机の横に立ち、落ちてくる髪を耳に掛けながら手紙の文章を指でなぞって翻訳していく。彼が疑問に思っていた他の部分についても説明していくが、手紙は結構な長文で、やはり独特の言い回しが多い。

この国は私達の国とは似ていない言葉が主流なので、仕方がないのだけれど。

「それならこの部分も同じか?」

「ええ。こちらの提案通りに進めたいと書いてあるわ。いくつか希望も挙げられているけど」

「それならここは……いや、ヴェラ、すまないがこの手紙を初めから読んでもらってもいいか？」

「ええ」

言語が違うとどうしても細かい部分で認識に差が出てしまう。直接会う事がほとんどないこの国ではすれ違いが多くなるし、そのせいで後に大きな問題になりかねない。

この表現は私も最初は悩んだし、他の国でも同様の事は頻繁にあった。

大勢の人間を招いてパーティ、なんて状況を作るのが苦手だった私は、その分を補うために各国の王族の方々との手紙のやり取りを増やしていたので、その過程で様々な国の独特な表現方法も頭に入っている。

「助かった、ありがとう。辞書もなしによくそこまで読み書きが出来るな」

「ずっと勉強していたもの。おかげさまで異国の本が読み放題よ」

「それは羨ましいな」

……私は語学の才能があったわけでも、元々頭が良かったわけでもない。十年以上かけてこつこつと、それこそミスは絶対に許されないのだからと必死に頭に詰め込んだだけだ。

そうして得た知識が今も私の事を助けてくれている。

「ああ、そうだ。この手紙に贈り物を付ける予定なんだが、本国では何を贈っていたんだ？後で国のほうにも確認するつもりだが、君が覚えているなら先にある程度準備をしておきたい」

「あの国なら果物が喜ばれたわね。ただ、この国がよく色々な国に贈っている果実は匂いが苦手だと王妃様が言っていらしたから、別の物に変えていたわ。添える花も同じように香りの少ないものにして……」

「ちょっと待ってくれ。メモを取る」

「必要であれば私が覚えている分の一覧を作るけれど」

「頼む。国のリストは俺が作っておくから、後でそこに書き込んでくれ」

「ええ。でも本国はもう私がいた頃とは違う贈り物にしていると思うけれど」

私が作っていたリストは処分されてしまったし、カロル様は色々な事を新しく采配しなおすと言っていたので、私がやっていた事はすべて一新されている。

贈り物に関しても他の国から個別に要望があったわけではない。あくまで私が他国の王家のかたと世間話をしている最中に、こうしてくれたら嬉しい、というちょっとした希望を聞いて実践していただけだ。もちろん報告もしていたけれど、正式な文書で頼まれたわけではない。

私の業務を引き継いだかたが新しく自分達に合った方法を考えるだろう。

「……それならそれで構わないさ。本国と揃えなければならないわけでもないからな。あくまで俺が参考にしたいだけだ」

「わかったわ、リストが出来次第書き込んでおくわね」

そのまま手紙を翻訳し、アランさんの書いた返事も私が一度読んで、別の国からの手紙にも同じ事をして、と繰り返している内に午前中の仕事の時間はどんどん進み、昼食の時間が近づいてきた。

手紙の作業も自分の仕事も一段落ついたので、準備のために静かに立ち上がる。

今日は昨日と比べると少し気温が低いだろうか。私にとっては快適だけれど、アランさんは体が温まりやすい物のほうが良さそうだ。スパイス多めの温かいスープでも付けよう。

「昼食の支度に行ってくるわ。出来上がったら声をかけるから」

「ああ、ありがとう」

仕事を続けるアランさんを残して仕事部屋を出て、台所へ向かう。ある程度仕込みは終えているのでそこまで時間はかからない。切っておいた材料を取り出して竈(かまど)に火を点(つ)ける。

「……最初は火を点けるのも大変だったのに」

この家に来た初日には大半の作業に苦労したけれど、今はすっかり手慣れてしまった。

料理も中々様になってきたのではないだろうか。自分好みの物を作れるようになったし、町の人から聞いたレシピを試してアレンジして、と日々楽しんでいる。

初めての一人暮らしは、アランさんが来てくれるので完全に一人ではない事もあって、寂しさを感じる事はない。

しばらく調理に専念し、出来上がった物を居間のテーブルに並べ、じわじわと湧き上がってきた幸福感に笑う。

「料理が楽しく感じるのは、きっと……」

そう呟(つぶや)いたところで階段を下りてくる足音が聞こえて顔を上げると、居間の扉が開いてアランさんが入ってきた。ちょうどいいタイミングだ。

「良かった、今呼びに行こうと思っていたの」

「俺のほうも一作業終えたところで食事を並べる音が聞こえたからな。時間的にもそろそろだと思ったんだが、正解だったみたいだ」

笑いながら椅子に腰かけた彼の向かい側に座り、二人で食事を始める。初めの頃は彼と同じ食卓を囲むという事に相当遠慮したし、食べ始めてからもずっと緊張していたのが懐かしい。

「これ、美味(うま)いな。初めて食べる」

「町のかたが体が温まるから寒い日によく食べるんだ、ってレシピを教えてくれたの」

幸せそうに食べるアランさんを見て、先ほど感じた幸福感が蘇(よみがえ)ってくる。こうしていつも美味(おい)しいと笑って食べてくれる人がいると、料理はさらに楽しくなるのだと知ったから、この時間は一日の中でも特にお気に入りの時間だ。

「皆工夫しているんだな。君とこうして食べるようになる前は常に冷えた状態だったから、正直何を食べても同じ味に感じてしまっていたんだ。最近は君のおかげで食事にも興味が持てるようになったし、国民の暮らしも知れてありがたい」

「……夜はアランさんがこの間美味しいと言っていたシチューの予定だから、楽しみにしてて」

「本当か？」

わかりやすく嬉しそうにする彼を見て、夕飯作りも頑張ろうと気合いを入れた。彼はここで仕事を始めてからは夕食を取って帰っている。一日に二回は温かい食事をとる事が出来ているが、どうしても城に戻れば寒いし、口に出来るのも冷たい物だけになってしまう。

熱い紅茶を水筒に入れて持って帰ってもらった事もあったが、家から離れてすぐに冷たくなってしまったらしい。既製品の水筒では駄目なようだ。

「この家に金属を扱える作業場があれば水筒作りに挑戦するのに」

「さ、さすがにそこまでは……」

私の呟きを聞いておかしそうに笑うアランさん。何故か今日はご機嫌なようで、いつもより も笑顔でいる時間が長い。

「俺も君に倣って何か始めてみようかと思ったんだが、この家の蔵書のほうが気になってな」

「国内では見かけない本も多いものね」

「おまけに本棚を見て回っていると、不意に仕掛け箱が出て来たり妙な絵画が目に付いたりするからな。宝探しのようで楽しいが、いつまで経っても別の事には挑戦出来そうにない」

「それは、まあ……」

この家にいると時間がいくらあっても足りない気分になるのはアランさんも同じらしい。

片付いた部屋ですらこれなのに、未だ手つかずの部屋もまだまだある。探索も楽しいので別に良いのだけれど。

この家で見つけた物、やってみたい事、色々と話しながら食事を終えると、お互いに休憩時間だ。少し会話をした後はそれぞれ別行動になる。

私はこの休憩時間は花の世話をしたり読書や仕掛け箱に挑戦してみたりと好きなように過ごしているが、アランさんは最近昼寝をする楽しみを見出したようだ。仕事部屋の暖炉近くに置いたソファに横になり、休憩時間の終わりに私が起こすまで布団にくるまって眠っている。

寒い部屋で温かい布団にくるまってぬくぬくと過ごす幸せは私でも十分理解出来るので、アランさんにも好きなだけ堪能していってほしい……目の前で横になって眠る男性というものに慣れていないので、起こす時はまだ少し緊張するけれど。

眠りに行くアランさんを見送って、私は作業部屋でリボンやレースを確認する事にした。


「休憩明けに出すお茶は、この間買った新しい茶葉にしてみようかな」

作業部屋の隅に先ほど拾いきれていなかった小さなレースを見つけて拾い上げ、この後の計画を立てる。少し甘みが強い茶葉だったので、アランさんの口にも合うだろう。

「普段の食事もだけど、甘いお菓子のレパートリーも増やしたいのよね」

私も甘い菓子は好きだし、色々と美味しい物を作ってみたい。

曾祖母が残したレシピ帳も何冊かは出てきたけれど、表紙に書かれている数字は飛び飛びですべて揃っていないようだった。残りのノートはどこかの部屋で埋まっているのか、それとも曾祖父の手で隠されているのか。

「町の本屋に行ったほうが早そうね」

リボンやレースは大きな箱いっぱいに手に入ったので買い足さなくても良くなったし、その分を本に回そうか。一応買い物に行く前にこのリボン達も仕分けて、ない色があればそれも買いに行きたい。

小さめの箱をいくつか持ってきて、レースやリボンを仕分けていく。こういう作業も結構楽しい。色やデザインを把握しつつ、黙々と分け続ける。

「……これ、色合いもデザインも子どもの頃の私が好きだったものばかりだわ」

アランさんの頭に載っていた真っ赤なリボンのような原色の物は少なく、幼い私が好んでいた淡いピンク色や空色の物が多い。幼い頃に着ていた服に付いていた物と似たレースもある。

「やっぱり、この家って……」

この家に来てから、何かするたびに感じていた違和感。

謎解きの結果出てくる物や仕掛け箱の中身は、曾祖父母が使っていた物の中でもあまり金銭的な価値が高くない物、そして私が幼い頃に遊んでいたおもちゃや好きだった物ばかりだ。

『ヴェラへ』と私の名前が書いてある時もあった。

私にとっては価値のある物だけれど、家を相続した両親や祖父母にとっては無価値な物でしかない。そもそもあの人たちは家を探索して謎解きなどするタイプでもないのだ。

ぎゅっと手を握り締める。

曾祖父母が亡くなった時、悲しくて悲しくてたまらなかった。

両親達は売れる物ばかり探していて、悲しみを共有してくれる相手もいない。すべて売られてしまう前に一つでも回収したいと思ってはいたが、すぐに王家へ嫁ぐための勉強漬けの日々が始まってしまって、この家に来る事すら出来なくなってしまった。

カロル様と曾祖父の話になった時に、家が放置されているからいつか様子を見に行きたいと零した事はある。

彼もそれは気になるだろうな、とは言ってくれたのだが、皇太子妃ともなると自由な外出時間も中々取れない上、ともかく仕事に追われていたのでここまで来る事は叶わなかった。

もっとも曾祖父が生前に物を詰め込み過ぎていたせいで、屋敷は売られる事なく残っているのだけれど。

「曾お爺様、曾お婆様。この家、私に遺してくれたの？」

空中に向かって呟くが、当たり前のように返事はない。でも、確証はないけれど、この家に残された物を見るとどうしても私宛てだとしか思えないのだ。

……ずっと、相続の際に私には何もなかった事が引っかかっていた。

曾祖父ならば幼い私相手でも文具の一つくらいは残してくれてもおかしくはない。何もなくとも手紙くらいは残してくれるような人だったのに、それすらなかったのだ。

これが突然倒れて亡くなってしまったというのならば何も不思議ではない。しかし曾祖父は亡くなる少し前に身辺を整理していて、手紙を書く時間は十分にあったはずだ。

それを知って、違和感と両親達への不信感はさらに強まったのだが。

「はあ……」

盛大にため息を吐く。証拠があるわけではないが、曾祖父は私がこの家を受け取る前提で物を残してくれたのだろう。家族達は曾祖父が亡くなった事よりも地位や収入の事ばかり気にしていたから、わずかでもお金になりそうなこの家を自分達の物にしたのかもしれない。

「離婚されて良かったのかもしれないわ」

皇太子妃のままだったらこの家に来るのは難しかったし、来る事が出来たとしても何年も先だったはず。片付けの時間も取れず、屋敷ごと処分しなければならなかったかもしれない。

手に持っていたレースをそっと撫でる。これが朽ちる前にこの家に来られて、受け取る事が出来て本当に良かった。

「頑張って探検しないとね」

曾祖父母が私に残してくれた優しい思い出と贈り物。これからは見つけるたびに今まで以上に嬉しさを感じる事が出来そうだ。仕事は始めたが自分の時間も十分に取れているし、探す時間はたっぷりとある。

「そろそろアランさんを起こす準備をしないと」

離婚がなければ、彼と友人になる事もなかっただろう。

起きたアランさんと一緒に温かい紅茶を飲んで、もう一仕事頑張らなければ。背筋をぐっと伸ばし、お湯を沸かすために立ち上がった。


順調に仕事を終え、アランさんと夕飯を食べて、少しの間二人で雑談をして……最近はずっと、こうして過ごして一日が終わる。

薄暗い道を一人で帰るアランさんを玄関前で見送るのもいつも通りだ。

「じゃあ、また」

「ええ。また明日」

彼に向かって手を差し出す。アランさんに初めての時の躊躇はもうなく、すぐに手を握り返された。一度ぎゅっと強く握られるのもいつも通りだったが、今日はその手が離れていかない。

不思議に思って顔を上げると、午前中に見た悪戯っ子のような笑みを浮かべているアランさんと目が合った。

「ヴェラ、いつもありがとう。毎日助かっている」

「え、ええ。それならよかった」

謎の圧を感じながらお礼を言うと、彼の笑みはさらに深まる。

「ヴェラ、明日からもそれで頼む」

「それ？」

「言葉遣い」

「え……あっ、え？　いつから？」

ぱっと口を押さえた私を見て、アランさんは声に出して笑った。今日一日を振り返ってみれば、確かにアランさん相手に口調が完全に崩れている。朝は崩れていなかったはずなのに。

「君の作業部屋で上からリボンが降ってきた時からだな。大笑いした後から今の話しかたになっていた。もちろん、明日からもそのままでいてくれるだろう？」

どうりで今日は彼が妙にご機嫌だったわけだ。彼の笑顔を見ている内になんだか気が抜けてしまって、私も同じように笑う。

「良かった。どうやって敬語を取ってもらおうか悩んでいたからな。明日からもよろしく頼む」

「……ええ。こちらこそ」

ゆっくりと手を離して笑い合う。去って行くアランさんを見送って、家の中へ戻った。彼が帰ってしまったので広い家に一人きりだが、孤独感はない。

少し考えてから作業部屋へ向かい、開けっ放しになっていた机の仕掛け部分をそっと閉じる。

「……ありがとう、曾お爺様、曾お婆様」

私は家族以外の人と気軽な口調で話す事も、誰かを呼び捨てで呼ぶ事もあまり得意ではない。アランさんと普通に話せればいいのにと思う事は何回かあったけれど、私の口はなかなか強情で、丁寧な言葉以外で話そうとはしてくれなかった。

あの時大量のリボンが降って来なければ、それが彼と私の上に降り注がなければ、二人で大笑いしなければ、敬語が取れるまでもっと長い時間がかかっただろう。

曾お婆様が残してくれた物を曾お爺様があの机に仕掛けてくれたから、仲の良い友達が出来るというのは少し恥ずかしくて、でも嬉しい事なのだと知る事も出来た。

「明日からも頑張ろう」

どこかふわふわとした気分で作業部屋を見まわして、楽しくなってまた笑った。

❀ 間章　皇太子の変化【2】

目の前で涙を零したエスタを見て、湧き上がりそうな不快感を抑えた。この感情を表に出せない事だけはわかっている。感情を声に乗せないように、ゆっくりと口を開く。

「すまない。皇太子妃になるために必要な勉強を、君が頑張っているのはわかっている。だが今の国の状況は君も知っているだろう？　最低限の知識さえついてしまえば結婚という形に持っていけるし、そうすれば加護は国中に広がる。ため息を吐いている場合ではないんだ。それも王族になる予定の君が、国民の前で」

エスタが王妃になるためには、やはり専門の知識を詰め込む必要がある。大臣の娘に求められるものと皇太子妃に求められるものは違うのだ。精霊の加護が第一優先とはいえ、他国や国民、兵士とのやり取りだって必須で、皇太子妃がやらなければならない事は多岐にわたる。

そのための知識は本来ならば数年かけて身に着ける必要があるのだが……今回は精霊の加護を早く国に行き渡らせるために条件を大分緩和した。再婚の話が出た時に努力するので問題ないと言ったエスタだが、やはり実際にやってみると難しいのだろう。

当初立てていた結婚の予定はずいぶんと延びてしまっている。

しかしどれだけ勉強が大変だったとしても、執務中に同じ部屋でエスタがため息を連発していれば、いくら俺であっても嫌にもなる。自室だったので仕方がないと思っていたのだが、まさか国民の前でもため息を吐くとは……人前に出る事が苦手だったヴェラですら、国民の前では何があろうとも笑顔だったのに。

「申し訳ありません。余裕がなくなっておりました。気をつけます」

「そうしてくれ。俺も強く言い過ぎた、すまない。君がいくつか出してくれた案はちゃんと評価が出来るものだった。だからこそ、なるべく早く結婚出来るように知識を付けてくれ」

「はい」

しょんぼりとした感情を隠そうともせず部屋を出ていくエスタを見送って、一人になった部屋で盛大にため息を吐いた。

「……俺もエスタの事は言えんな」

人に指摘したばかりだというのに、自分のため息の大きさに自嘲してしまう。上手くいかない事ばかりのせいで、自分がピリついているのはわかっている。

結婚だけではない、国の立て直しも上手くいっていないのだ。

突然の気温の低下で農作物に影響が出たという報告が国中から次々と上がってくる。

いくらなんでもおかしいのではという声を受け、エスタの加護についても調べ直したが、彼女には夏の精霊の加護があるという結果が出るだけ。

そもそも彼女の住む城付近の環境は町と比べると余裕があり、城の花にも問題はない。加護自体は問題なくあるはずだ。

だからこそ皆結婚を急かしている。しかしエスタの勉強がどうにも追いついていない。精霊の加護のための再婚という大義名分があるとはいえ、今のエスタでは外交の場に連れ出せない。

そして問題はこれだけではなかった。

机の上に積まれた報告書を手に取り目を通していく。

「また、諍いか」

城の人事について、ヴェラが変更していた部分を能力ごとに適切になるように分け直したはずだ。能力が高い人間をまったく別の仕事に就かせていたヴェラの采配には眉を顰めたが、いざ新体制で本格的に動き出しても効率は悪くなるばかり。

「能力的には正しいはずだ、なのになぜ……?」

父や大臣達との会議でも問題ないと結論が出ているので様子見しているが、時間が経つにつれて小さな諍いが絶えなくなった。

備品はすぐになくなり、なくなってから気付いて取りに行くと在庫すらない。

書庫には出しっぱなしの本が常に散らばっており、片付けさせてもすぐに元通りだ。

なぜか伝言すら上手くいかず、用件が伝わらず慌てる事も多い。

細かい事すべてが上手くいかない気がして、けれど一つ一つが小さな事過ぎてどうしようもなく、気が付いた人間が対処しているのが現状だ。余計な仕事が増えていく気がするが、よくよく考えればそれらはすべて必要な事なので、今まで問題なく出来ていた事のはずだった。

しかし俺も含め、城全体が上手く回らずピリピリしている。

「ん？　伝言か？」

報告書の傍に置かれた数枚の書類にメモ書きが添えられている。数か月後の外交の人員について書かれているようだが、俺が部屋を空けている間に部下が置いて行ってくれたのだろう。

「これはもう問題なく予定を組んだはずだが……」

今までと同じ人間の組み合わせで付いて来てもらう予定だったが、何か問題でもあったのだろうか？　書類に添えられていた伝言を読み進め、あ、と小さく声が漏れる。

「通訳……そうか、そうだったな」

今回の外交相手の国の言葉は難解な部類で、俺も多少は話せるが絶対に合っていると言い切れない時が多くあった。今までは隣にヴェラがいたので彼女に通訳を頼んでいたが、今回からは代わりの人員を新しく組み込まなくてはならない。

「この国の言葉は話せる人間が少ないんだよなあ。マナーも独特なものが多いし……外交期間の人員配置ごとやり直す必要があるか。通訳とマナーの指導役を見つけて、共に行く兵士達のために一度講習会もしたほうが良いか。明日担当者に話しに行って調整しなければ」

異常気象の調査と対応に人員を割かねばならない事もあって、以前よりも自由に動かせる人間は少ない。そのせいで一つの仕事の予定を変えると他の仕事にも影響が出てしまう。

新体制にしてすぐに気温低下が起こり始めたので、見直す箇所が多いにもかかわらず、そのための時間も取れていない。上手く回っているとは言えないのが現状だ。

「……新体制がしっかり落ち着けば、以前よりも効率良く回せるはずだ」

自分に言い聞かせるようにそう口にしながらも考え込んでいると、小さくノックの音が響く。

入ってきたメイドが申し訳なさそうな顔で、湯気の立つ紅茶を机の上に置いた。

「申し訳ありません、カロル様。お部屋の茶葉ですが、どうも特注品のようでして。城に元々あった物ではないらしく切らしておりました。一応、似た味の物は持ってきたのですが」

「特注品？」

「はい。別口で、その……ヴェラ様が注文されていたようです」

「ヴェラが？」

部屋で飲む時に使うから、と置いていた茶葉が空になって長く、あの少し甘い味わいの茶を飲みたくなって持って来るように頼んだのだが……確かに城の食堂では出てこなかった茶かもしれない。

「申し訳ありません」

「いや、こちらこそ知らずにすまない。悪いが頼んでおいてもらえるか？」

「かしこまりました」

部屋を出ていく使用人を見送ってからソファに深く腰掛け、茶を一口飲む。ゆっくりと茶を飲むのは久しぶりな気がするが、もう少し甘い物が飲みたい。

欲しかった茶葉は味も香りも俺好みで、飲むと良い具合に肩の力が抜ける。だからこそ今欲しかったのだが……。

「これも、か」

最近起こる小さな問題、いや、問題とすら呼べないような本当に小さな引っ掛かりでしかない何か。そんなよくわからないものに常に邪魔されている気分だった。

ぼんやりと窓の外……夜の町並みを見つめながらカップを置いた皿のほうに伸ばした手が空を切る。視線をそちらに向けると、空の皿が目に入った。

当然だ、そこに載っていたカップは今自分の手の中にあるのだから。

「…………」

もやもやとする気持ちを抱えたまま、無言でまた窓のほうを見る。

不意に窓ガラスの隅に桃色の髪が揺れているのが映った気がして、勢いよく部屋のほうを振り返った。

もう一度窓を見ても、そこには先ほどまでと変わらず、誰もいない部屋が広がっている。

「俺は、何を……」

――カロル様、お疲れ様です。

自分と部屋が映っているだけだ。

懐かしい声まで聞こえた気がして、また視線を皿のほうに向ける。何も載っていない皿がひどく寂しい事のように思えて、そう感じてしまった自分が信じられなくて眉を顰めた。

……以前、夜に茶を持ってきてくれたのは、いつもヴェラだった。

当たり前のようにカップに添えられていた多めの砂糖と甘い菓子は、今はそこにはない。

使用人に頼もうかとも思ったが、こんな夜間に突然菓子をくれと言ってもすぐに出てくるものではないし、迷惑になるだろう。つまり、毎晩用意されていたあの菓子は、ヴェラが俺のためにわざわざ用意していたという事だ。

紅茶を一気に口に含み、よくわからない感情ごと腹の中に流し込む。

この紅茶だってあの茶葉と似た味で決してまずくはない、なのにどこか物足りない。これではないのだと体が訴えてくる。

ソファに深く寄りかかって、天井を見上げたまま目を閉じた。

起こっている問題が細かすぎて、それぞれで気をつけろと言うしかない。

城の人間達には各自の能力に合った業務を割り振りなおしたはずなのに、上手く回らない。

正直行き詰っている、それはわかる。だが……。

「俺はなぜ、こんな妙な疲れかたをしているんだ?」

体力的には問題ないが精神的な疲れが酷い。そしてそれに対する解決策もない。

呟（つぶや）いた声にはもちろん返事はなく、静寂だけが返ってくる。

目を閉じたまま耳を澄ませている自分は、いったいどんな言葉が欲しいのだろうか。

……誰の声を聞きたいのだろうか。

「ヴェラは、どうしているのだろう？」

思い出してしまったからか、なぜか彼女の顔が頭から離れない。さすがにもう生活は安定しただろう。兄上が補佐に雇ったと聞いた時は驚いたが、まあ城での仕事のやりかたはわかっているだろうから、兄上とヴェラが納得しているのならば問題ないはずだ。

「いかんな」

思考が色々な所に飛んでしまう。どこかで気持ちを切り替えねば。このままではまずい。

「……一度、ヴェラに会いに行ってみるか」

このよくわからない感情を整理するために。それをしなければ、それが出来れば、色々な事が上手く行く気がした。


「追い出した？　しかも供も付けず？　どういう事だ？」

目の前に立つ二人……ヴェラの両親。

あの日から数日経ち、長年世話になっている部下数人に護衛を頼んでヴェラのもとへ行く事にした。何も言わず了承してくれた部下達には感謝しかない。

ヴェラが住む家の詳しい位置を聞きにここまで来たのだが、満面の笑みを浮かべた彼女の両親から聞かされたのは、俺にとって驚きでしかない言葉だった。

「はい。カロル様の怒りを買ったヴェラの面倒を見る義理はありませんから」

「それよりもご用件は何でしょうか？　私達に出来る事ならば何でも致します」

言葉が出ない俺に対して、彼らは笑顔のままだ。

ああ、そういえば彼らはこういう人間だった。媚を売るようにこちらの顔色をうかがう二人は、まるでヴェラを追い出したのは俺のためだと言わんばかりだ。

何とかして自分に媚びようという魂胆が見え見えで、不快感が湧き上がる。

「……俺がいつ、ヴェラを一人で追い出せと言った？」

「えっ」

「エスタがヴェラを気にして精霊の加護に影響があっては困るから、別の町に住むようにとは言ったさ。だが一人きりで何も持たせずに追い出せ、などとは一言も言っていない」

「で、ですが」

慌てるヴェラの両親を見て、呆れと疲れが一気に湧いてくる。

思い出すのはヴェラが皇太子妃として過ごしていた頃の事だ。

各国の王妃とのお茶会を主催したり大きな交流会などを積極的に行ったりしてくれと頼んだのに、彼女が中々動かず説得を繰り返した事。

結婚してしばらく経っても、人前に出る時に一度深呼吸して緊張を解く時間を必要としていたヴェラを見て、皇太子妃になり立ての頃ならばともかく、いつまで緊張しているのかと苛立ちを感じ始めていた事。

ヴェラの王族としての振る舞いに納得出来ず苛立っていたのは事実だ。だが……。

「確かに俺は、ヴェラに積極的に動いてくれと頼む事に対しても、前に立たせるために色々と策を講じる事に対しても、変化がなさ過ぎて嫌になってきてはいたさ。あいつはいつまで経っても人前に立つ事に慣れず、俺が何をしようと何と言おうと、必要最低限しか前に出ようとしなくなった。以前は少しずつでも変化があったのに離婚直前の頃はからっきしで、あいつを気にするくらいなら他に興味を向けたほうが良いとも思い始めていた」

だからこそ、エスタが精霊の加護を受けた時は嬉しかった。いい加減ヴェラを説得するのにも疲れてきたところだったし、何度言っても思うように動いてくれないヴェラに対して興味すら薄れてきていたからだ。

エスタは父である大臣を通してではあったが、色々と積極的に動いたり案を出してくれたりしていた娘だった。各国との交流の際に一々せっつかなくても動いてくれるだろうし、何よりずっと欲しいと思っていた精霊の加護を持っている。

ヴェラの曾祖父殿がいた頃のような豊かさを国に取り戻せるという喜びで、数日は表情が変えられず笑顔のまま過ごしていたくらいだ。

春の精霊の加護がなくなり、さらに優秀だった兄上が王位を継げなくなり……突然回ってきた疲弊した国の次期王という重圧。

そして今まで勉強してきた事とはまた違う、王になるために必要な膨大な知識を付けなければならないという現実。

それでも、今は兄上に劣る俺でも不安そうな国民達を必ず幸せにしてみせる。そう誓った幼き頃からの努力でようやくここまで回復させた。けれど一歩届かないまま、協力者であるはずのヴェラも思ったように動いてくれない。

そんな現状ががらりと変わるのだと、国も精霊の加護を受けていた頃のような活気を取り戻すのだろうと、そう思った。

そう、確かに喜びはしたが、それとこれとは別問題だ。

「だが、俺はあいつに不幸になってほしいだなんて思っていないし、だからこそ新しい生活でも不自由しないために多めの離縁金も持たせた。引っ越す先が長年放置された屋敷だと聞いたから、それの修繕費や人員を雇う費用も後から追加したが……まさかそれまで取り上げていないだろうな？」

「そ、それは……」

「取り上げたのか？」

「い、いいえ」

「調べればわかる事だぞ」

「た、多少、ヴェラの離婚で家に影響があった分を補塡として引いただけです」

呆れと怒りで、小さく唸りながら頭を押さえる。ヴェラもヴェラの曾祖父母も地位や金に執着するタイプではなかったのに、他の家族はどうしてこうなのか。ヴェラと夫婦になってからは彼らが俺に何か言ってくる事はなかったが、あれはヴェラが抑えていたのだろう。

王家から出した金すら着服するような人間に、縁が出来たという理由だけで高い地位など与えられるはずもない。城には国のために様々な改善案を議論しては提出してくれる人間が多くいるのだ。地位を上げるなら、彼らのほうを選ぶに決まっている。

「これ以上王家の不興を買わぬ内に、その金はすぐにヴェラに返せ。そもそも離婚したとはいえヴェラは元王族という立場だ。たった一人で、護衛すら付けずに追い出して、悪しき考えを持つ人間に利用されたらどうする？　王家に影響が出たらお前達が責任を取るのか？」

真っ青になったヴェラの両親を見て、ヴェラが彼らに似ていなくて良かったと心底思う。前に出ないヴェラは確かに問題だったが、こんな馬鹿な事をしでかすような人間ではなかった。

「もういい。彼女の住む家はどこだ？」

連れてきていた部下数名にこの場を任せ、自分は二人の部下と共にヴェラの実家を後にする。

ヴェラの曾祖父殿の家は、以前彼女が気にしていた場所だ。ずいぶん前に聞いた話なので詳しくは覚えていないが、それこそ何年も放置されているのだとしたら相当ボロボロのはず。

家族との思い出の場所は誰だって大切だ。

どうせなら綺麗に修繕したら良いと思って修繕費用を追加したというのに、本人の手に渡っていないときた。おまけに供も物もなく一人とは……もっと早く気にしておくべきだったか。

ともかく様子を見に行ってみなければ始まらなさそうだ、そう思っていた。


公務以外では初めて訪れた兄上の治める町。思ったよりも雪は少なかったが、それでも雪道に慣れていない身としては歩きにくい。最近は城周辺も寒くなってきたとはいえ、やはりこの町と比べると寒さは桁違いだ。こんな中に女一人でヴェラは大丈夫なのだろうか。

そんな考えは、聞いていた家が見える位置までたどり着いた瞬間吹き飛ぶ事になった。

あそこか、と思った瞬間、見慣れた桃色の髪の毛が目に映る。まだまだ距離があるため彼女はこちらに気付いていていない。

思わず彼女の名前を呼ぼうとした時、彼女の前に男が一人立っているのが見えて足が止まる。

「……兄上？」

姿を見たのは久しぶりだが間違えるはずもない。アラン兄上、次の王になるはずだった幼い頃からの憧れである優秀な異母兄。兄上が高位精霊の加護を得てからは皆遠巻きにしていて、俺も周囲の人間に止められて近づけなかった。幼い頃は良く笑ってくれていたはずなのに、今はすべてを諦めたかのような無表情な兄の顔しか覚えていない。

その兄が笑っている。

花束を抱えたヴェラと彼女の前に立つ兄上が、家の前で本当に楽しそうに笑い合っていた。

まるで金縛りにあったかのように指一本動かせず、二人を見つめ続ける。兄の穏やかな笑顔もだが、ヴェラのあの笑顔。

あんな風に楽しそうに笑うヴェラを自分は知らない。

覚えているのは俺を気遣うような微笑みと、どこか影のある笑みだけだ……今あの笑顔を見るまではその影にすら気付いていなかったが。

ヴェラの抱える花束をのぞき込んだ兄上が何か言って、また目を合わせて笑い合う二人。

呆然とそれを見つめる俺には気づかず、二人は家の中へ入ろうとしていた。そこでようやく俺の体は温度を取り戻して、はっと息を吐く。

声をかける事は出来たはずなのに、それをする事が出来ずに下を向いた。

兄上が出入りしていると知っていたのに、急に現実を突きつけられたような妙な気分だ。

もやもやとした何かが胸の中を満たしていく感覚に、胸元を強く握りしめる。

「なんだ、これは……」

自分でもなんと表現していいかわからない感情は、あまり良いものでないという事くらいしかわからない。

「カロル様?」

「どうかなさいましたか？」

「あ、い、いや、大丈夫だ」

強張る体は、部下達に声をかけられた事でようやく動きを取り戻す。ヴェラ達が入ろうとしている家には修繕の後が見られ、特に壊れた箇所などは見当たらない。おそらく現状を知った兄上が動いたのだろう。よく考えれば、兄上が出入りしている時点で問題などないはずだ。

ヴェラも元気そうだ、とりあえず家族が取り上げたという離縁金の一部を早く彼女の手元に戻してやらねば。

「戻るぞ」

「……はい」

どうしても声をかける気にならず、元来た道を戻るためにヴェラ達に背を向ける。後ろ髪を引かれるような思いに蓋(ふた)をして。

何も聞かずにいてくれる部下達に感謝しながら来た道を戻る。

一体俺は何をしに来たのか。そもそもヴェラに会って何を話すつもりだったのだろうか？

「問題ないならばいい。俺にはやるべき事がある」

そうだ、ヴェラの住む家に問題がないのだから、俺が修理や警備の手配をする必要はない。

俺がやるべき事は一つ、自国の問題を解決する事だけだ。エスタの事、城の新体制の事、異常気象の事、話し合わなければならない事も多いのだから、早く城へ帰らなければ。

エスタとの再婚で国が精霊の加護を受けられると喜んでいた時が少し懐かしい。

あの時は本当に、長年の悩みの解決策が一気に現れた事が嬉しくてたまらなかったのに。

ヴェラとの離婚も国のためには当然の事で、何の問題もないはずだったのに。

……あの時までの自分はこんなに疲れていなかったのに。

浮かんだ考えを振り払う。

今は国の転換期だ、疲労が溜まるのも何もかもがスムーズにいかないのも仕方がない。ここから安定させるのが俺の役目だ。

何となく背後のヴェラたちの様子が気になって、けれど振り返ったら何か変わってしまいそうで、それを振り切るように少し早足になりながら国へ戻るために歩を進めた。

✿ 間章　冬の加護を持つ王の変化【2】

いつも通りヴェラの家に来て、彼女が作ってくれた昼食を二人で食べ、少しの雑談を楽しんだ後に仕事部屋に一人で戻る。最近当たり前になった一日の過ごしかただ。

まだ休憩時間は十分に残っている。靴を脱ぎ、部屋の隅(すみ)に設置されたソファにごろりと横になった。ヴェラが作ってくれた大きなブランケットを顎(あご)まで被る。

……暖かい。

城で使っても暖かいこのブランケットはこの家で使うとさらに暖かさが増す、というよりも寒さを欠片(かけら)も感じない。ぬくぬくとした感覚など、精霊の加護を貰ってから初めて感じた。

ヴェラと話す時間も、こうして微睡(まどろ)む時間も、俺にとって幸福なものだ。

俺がこうして眠る時間を楽しんでいると知ったヴェラは、仕事の時間に起こしに来るまでそっとしておいてくれる。仕事……そう、仕事だ。

「楽だ、本当に」

思わず呟(つぶや)いた声が、布団の中でくぐもったように響いた。

ヴェラを補佐として雇い、この家で本格的に仕事をするようになってからしばらく経つ。

正直、仕事の進みが遅くなる事を覚悟していた。今まで城でやっていた仕事を、わざわざ離れた位置にあるこの家まで通ってするのだから。それでも寒さで凍えなくて良い分、環境はこちらのほうが上だろうし、仕事の時間を少し増やせばいいだろう程度に考えていた。

「順調すぎる、まさか城にいた時よりも進みが速いなんて……」

そう、ともかく仕事が進むペースが速い。もちろん環境もあるだろうし、ヴェラが俺に対して怯える事がないのでその部分に気を遣わなくて良いというのもある。

だが、仕事が順調に進む一番の要因は彼女の働きぶりだ。

補佐をしてくれるようになってからのヴェラの様子を思い出す。

彼女の知識量に驚かされる事は多い。

基本的に聞いた事に対する答えはスラスラと出てくるし、彼女が知らない事でも調べるための的確な資料がすぐに出てくる、というよりも仕事の予定を先に告げておくと、必要な道具や役に立ちそうな資料がすでに用意されている。

ずいぶんと幼い頃から王家に嫁ぐための教育を受けていたようだし、皇太子妃になってからも勉強時間が相当多かったようなので、この知識の多さは彼女の努力の賜物（たまもの）なのだろう。

手紙の件もそうだ。

これまで他国から届いた手紙は、わからない部分を辞書で引きながら翻訳（ほんやく）して読み、自分の言葉で返事を書いてから相手の国の言葉に直し、また辞書と向き合いながら間違いがないか慎重に確認して、間違っていたら訂正し、完成したら清書して……という工程が必要だった。

俺もある程度の言語はわかるが、間違いが許されない外交では慎重にならざるを得ず、辞書は手放せない。

しかしそんな作業も、ヴェラに頼む事で一気に短縮された。

今俺がやっている事なんて、ヴェラが翻訳してくれた手紙への返事を書き、それをヴェラに間違いがないか確認してもらうだけだ。なんだったら代筆可能な物はヴェラに頼む事も出来るし、返信の手紙だって翻訳で躓けばすぐにヴェラが答えを教えてくれる。

外交のほとんどは手紙で行うので、これは相当な時間の短縮だった。

長年王家にいた事で口にして良い情報と悪い情報の判断も出来るし、機転も利くので非常に助かっている。

「……これで、仕事が出来ない？」

ゆっくりと部屋の中を見まわす。部屋は常に快適に整えられており、俺のためにと多めの薪や毛足の長い絨毯が用意され、文具も常に使いやすいように整えられ補充されて……この家で仕事をするようになってから、インクや紙がなくなって作業を中断した事は一度もない。

一つ一つは細かい事で、何だったら必要になった時に自分でやればいい作業だ。

しかし集中している時にちょっとした事で手を止めざるを得ない状況が一切ない、というのは驚くほどに快適だった。

誰かがやらなければならない細かい仕事をすべて受け持ってもらっている、しかも本人はまったく苦にしていない。

間の取りかたも上手く、俺が仕事に集中出来ていない時はこちらが不愉快にならないようなやりかたで気分転換をさせてくれるし、気が張っている時も色々と気遣ってくれるので最終的には肩の力を抜く事が出来る。

加えて食事や茶もその日俺が口にしたいと思うようなものが出てくるので、もういっそここに住み込みたくなってきている。手放したくない人材だ。

……唯一の難点は俺が快適さに慣れ過ぎたせいで、たまに城で仕事をすると予定よりも時間がかかったり必要な物が揃っていない事に違和感を覚えたりする事か。

正直、ヴェラが仕事が出来ないとはまったく思えない。

彼女のどこを見てカロルはそう評価したのだろうか？　以前カロルからの手紙に書かれていた皇太子妃として動けないというヴェラの評価と、自分で見たヴェラの評価が一致しない。

本国の記録を見ても彼女は式典や大きなイベントにはしっかりと出席しているし、そもそも俺の国の民からの評価も高いようだ。

それに、初めて訪れた日に彼女が見せてくれた城の人間達からの手紙や贈り物の山。あれはどういう事だろう？　あれだけの人間が彼女が困らないように、幸せであるようにと願って手紙や物を贈っている。

カロルの言い分が正しいとすれば、精霊の加護以外の離婚理由はヴェラが皇太子妃としてふさわしくなく、役に立たなかったからだ。

だが城の人間達から個人的に贈られているあの品々を見ていると、その評価への違和感が強くなる。もう関わりがなくなる地位も立場も違う人間への贈り物の山と感謝の言葉、あれは彼女が慕われていた証明ではないのだろうか？

　共に仕事をするようになって気付いたが、おそらく彼女は城にいた頃も裏方の仕事の大半を把握していた。しかもずいぶんと細かい部分まで、具体的に。

　一つ一つは小さな仕事でも、細かい仕事が滞(とどこお)れば全体に与える影響は大きくなる。個別で動ける人間はもちろんいるが、何かあった時に、ヴェラのような全体を把握して適切に動ける人間がいるかどうかの差は大きい。

　カロルがヴェラがいなくなる事を問題にしていなかったのは、他にも同じくらいに把握して動ける人間がいるからなのだろうか？

　いや、さすがにこれだけ仕事をこなしているヴェラが役立たずという評価ならば、他の人間に対しても相当厳しい目で見ているという事になると思うのだが。

「そういえば、再婚の知らせも式の知らせもまだ来ていないな」

　離婚した時期から考えても、カロルはそろそろ式を挙げても良い頃合いのはずだが、いまだ日程すら発表されていないのはどういう事なのだろう？

　そこまで考えたあたりで眠気が勝って、ゆっくりと目を閉じる。

雪が音を吸い取る事もあって、聞こえるのは暖炉でパチパチと薪（まき）が弾ける音だけだ。城と同じ一人きりの部屋だが、体を包む暖かさだけは違う。

「いや、そうでは、なくて……」

眠りに落ちるぎりぎりのところで微睡（まどろ）みながらぼんやりと思い浮かべる彼女の顔。孤独感が強くなっても、この家ならば扉一枚開ければヴェラの気配を感じ取れる。

今日も少し照れ交じりの笑顔の彼女に起こしてもらえるのだろう。おはよう、と微笑むヴェラの顔を思い出しながら睡魔に身を任せる。寝ている間も起きている間も、この家は暖かい。

「このまま、こうして、この家で過ごせたら…………の、傍（そば）で」

ふと気が付くと、幼い頃過ごした本国の城の中にいた。

城の中庭にある大きな木、まだ国に春の精霊の加護があった頃、勉強の合間にこの木の根元に寝転がってよく昼寝をしていたのを思い出す。

「ああ、夢か」

そのまま木に近寄り、幼い頃と同じように根元に頭を預けて仰向けに寝転がる。もう遠い日の記憶の彼方にしかない、降り注ぐ木漏れ日（こもれび）の眩しさと、春特有の心地良い暖かさの記憶。

ぽかぽかとする日の光にそっと手を伸ばして、目元に降りかかる日差しを遮（さえぎ）る。

「暖かい」

　夢の中だというのにまた目を閉じて、心地の良い微睡みを味わう。

　不意に名前を呼ばれた気がして、その声の優しさに幸福感がじわじわと広がりだす。この暖かさを手放したくなくて、ぼんやりと横になったまま目を開け、木漏れ日越しに空を見上げる。

　温かい、暖かい、懐かしい。なくしたはずの温もりは、あの家でだけは感じる事が出来る。

　もう一度名前を呼ばれた気がして、その声からも暖かさを感じて笑った。

　そうだ、最近はずっと暖かい。

　ヴェラにはずいぶんと仕事で助けられているが、何よりも俺を救ってくれるのは彼女の持つ雰囲気だ。

　この夢のような、幼い頃に感じたこの春の暖かさに似た空気を纏（まと）う彼女。

　傍にいるとホッとして、あの笑顔を見るたびに胸の中が暖かくなる。

「陽だまり、みたいだ」

　そう呟（つぶや）いたと同時に、世界が一転した。


「アランさん？」

「…………っ」

　勢いよく上半身を起こすと、驚いた様子のヴェラがソファの横に立っていた。眠っていた俺に声をかけてくれていたようだ。休憩時間が終わったので起こしに来てくれたのだろう。

「ごめんなさい、午後一番で進める仕事があると聞いていたから。もう少し眠る?」

「い、いや、大丈夫だ。起こしてくれてありがとう」

俺がそう言うと、ふわりと彼女が笑う。

その笑顔を見て、一瞬喉が詰まったように言葉を失った。

心臓がやけにうるさい。

「お茶を淹れてくるわね」

「……眠気が覚めるようなものを頼む」

「ええ」

俺に微笑みかけてから部屋を出ていく彼女の背を見送って、そっと自分の手を見つめる。目が覚めた時、自分の手は彼女の頬に触れていなかっただろうか。

手袋をしたままで良かった、と心底安堵した後、そうではないと焦ってしまう。

夢の中で陽だまりが恋しくて伸ばした手、現実で向けたのは、俺が手を伸ばしたのは……。

「ちょっと、待ってくれ」

思わず頭を抱え、誰もいない部屋に自分の情けない声が響く。

夢の中の優しい声、俺の名を呼ぶあの声は現実で彼女が俺を起こすために掛けたものだろう。

何もかも暖かく、そして恋しいあの夢の中のすべてが、現実では彼女に向いている?

「そんな、はずは……」

ふと数日前の事を思い出す。あの日、いつも通りこの家に来た時に遠くに見掛けた人影。先に玄関内に入っていたヴェラは気付いておらず、俺もまだ言っていない。

だがあれは間違いなくカロルだった。

……なぜここに来た？

次期王となる立場のカロルは、万が一の事があってはまずいからと俺からは遠ざけられている。あいつもそれをわかっているので俺に会いに来る事はなく、やり取りはすべて手紙だ。会いに来なければならないような問題もこちらの町には起こっていないし、城周辺の問題解決に力を貸してほしいというのならば先に手紙が来るだろう。

目的が俺ではないなら、それは……。

あの時、俺が言えば彼女はカロルに気付いただろう、けれどあの日の俺は言えなかった。

言ったら彼女はどうしたのだろう？　カロルの背を追ったのだろうか？

カロルは何故（なぜ）ヴェラに会いに来たのだろうか？　彼女に未練があるのだろうか？

そう考えたと同時に、今まで感じた事もないような不快感が湧き上がる。

「なんだ、これは？」

今はもう直接交流が出来ない身とはいえ、カロルは可愛い弟だ。俺のせいで突然王位を継ぐ事になり、苦労させてしまった弟。そんな可愛い弟に対して、こんな不快感は向けるものではない、ないのだが……。

あの日、なかなか家に入らない俺を不思議そうに見つめるヴェラを見て、どこか急いた気持ちで玄関の扉を閉めた事。

この家に二人きりという、いつも通りの状況に安堵のため息が零れた事。

たとえカロルであったとしても、ヴェラと二人で過ごすこの時間を邪魔されたくない、そう思ってしまっている事。

「冗談、だろう?」

何もかもを自覚して、同時にひどく泣きたくなった。

先ほどまで感じていた暖かさもどこかへ飛んで行ってしまったみたいだ。体に掛かったままのブランケットの温もりすら感じられないほど、血の気が一気に引いていく。

一番してはいけなかった事だ、持ってはいけなかった感情だ。それなのに……。

胸の中を満たす感情はありえないと一蹴するには大きすぎて、否定する事も出来ない。

気付いた、気付いてしまった、きっともっと前からこの気持ちはあったのだという事にも。

単純に今、見て見ぬ振りが出来なくなったほどに強くなっただけだ。

「俺が、恋、など……」

誰かを愛しても触れる事すら出来ない。手袋越しなら可能でも、誰かと親密になればなるほど、何かの拍子に素手で触れてしまう可能性は上がる。

だから、この感情は持たないと決めていた。決めていたのに。

静かに開いた扉の向こう、入って来たヴェラが俺を見ていつものように、俺が焦(こ)がれてやまない春の陽だまりのような笑みを向けてくる。

湧き上がる幸福感、そしてそれに対する絶望感で泣きたくなった。

「俺は君に、触れる事さえ出来ないというのに……」

小さく呟(つぶや)いた声は扉との距離もあって彼女には届いていなかったようで、それに安堵すると同時に、聞いていてほしかったという矛盾(むじゅん)した感情が大きくなっていく。

「昨日買い物に行った時に美味(おい)しい果物が入ったって言われて、結構な量を買ってしまったの。半分ジャムにしたけど、アランさんが好きそうな味になったわ」

「それは、楽しみだな」

いつも通りだ、当たり前だがヴェラの様子は普段と同じ。俺が必死に声が震えないようにしている事には気づいていない。様子がおかしい事には気づいているかもしれないが、こういう時ヴェラは聞いてほしくないのだろうと察してくれる。

それが今は嬉(うれ)しくて、少しだけ腹立たしい。

こんなに自分の感情に振り回されるのは初めてだ。

目の前の彼女に触れたいと思ってしまう感情をどうしたらいいかわからず、下を向いて手袋に包まれた手を握り締めた。

第五章　触れ合い

「今日も雪、降らないわね」

「俺としても国としても数日雪が降らないのはありがたいが」

「……本国の暑さの影響ではないのよね？」

本国のほうでは今、寒さが増していた事が嘘のように猛暑が続いている。ただでさえ急激な冷気で弱っていたところで突然暑くなったので、作物は大打撃だ。体調を崩す人も多いと聞く。

夏の精霊の加護を受けているとはいえ急激に暑くなるのはおかしいし、そもそも加護の影響ならばちょうど良い暑さになるはずだ。アランさんと違って、彼女に加護を与えているのは高位精霊ではなく通常の精霊なのだから。

そんな原因不明の暑さで、本国はさらに混乱し始めている。

「たとえ他の国すべてが原因不明の暑さになったとしても、よほどの事がない限りこの国では俺の精霊の加護が勝つ。そもそも三日前は雪だったし偶然だろう」

今日は仕事がない日だ。最近は仕事があろうがなかろうが彼はこの家に来るので、二人でのんびりとお茶をして過ごす。中庭のベンチに並んで座り、湯気の立つお茶を口に含んだ。

目の前には雪と花が同居しているという、綺麗だが不思議な光景がある。

「カロル様、大丈夫かしら？」

「心配か？」

「原因不明の暑さでしょう？　あのかたは自分は王族なのだからと何があっても前を向いて立とうとするから。無理をしていないと良いのだけれど」

「あまり良い別れかたではなかったのでは？」

「え？」

アランさんの声にわずかに含まれる棘に気付いて、手のひら一つ分開けて座っている彼のほうを見る。言った本人も少し驚いた顔で口元を押さえており、本意ではなかったようだ。

「……どう、かしら？　興味がなくなったと言われた時はさすがにつらかったけれど、あの人がだんだん私に苛立ちを感じてきていたのもわかっていたし。落ち着いて考えたら、あの時カロル様が何を考えていたのかもわかったから」

そう言って立ち上がり、数歩先の花壇の前でしゃがんで花を見つめる。

私はなるべく前には出たくない、その分を裏方の細々した部分を率先的に行う事で少しでも皇太子妃として彼の助けになれればと思っていた。けれどカロル様はそうじゃなくて、ともかく私を大勢の前に出したがっていた。

王族たるもの、人の前で結果を出す事で人々の示しになるべきだ、と。

どうしても人前が苦手な私と、人前にある事が王族としての義務だという彼は、元々相性が悪かったのだろう。私が王家から離れて安堵したように、彼も私と離れられて安堵したのかもしれない。

「私、カロル様には感謝しているの。少なくともカロル様でなければ、最初の一歩は踏み出せなかったから」

「最初の一歩?」

「私、子どもの頃は今よりもっと人前が苦手だったの。常に家族の後ろで震えているような子どもが、突然次期王の婚約者として人前に立たなければならなくなって。カロル様が助けてくれなかったら気絶していたかもしれないわね」

幼い頃の私は本当に人見知りが激しくて、初めて会った人と話す事も大の苦手だった。

しかしそんな私の意思なんて関係なく、大人たちの間で婚約の話はどんどん進んで決まっていって……そうしてカロル様と出会ったのだ。

私とは正反対で、人前でも堂々と自分の意見が言えて、常に明るく笑っている人。

カロル様との思い出を振り返って一番に思い出すのは、いつだって同じ日の事だ。

婚約が決まってしばらく経って、初めて国民の前でのお披露目をする事になった日。

城のバルコニーで手を振るだけ、それもまだ子どもなので多少の失敗は大目に見てもらえるような状況。そんな状況でも真っ青な顔で震えて動けなくなった私を見て、具合が悪いのかと慌てて心配してくれたカロル様の表情は今も覚えている。

――どうしたっ、顔が真っ青だぞ？　体調でも悪いのか？

――ご、ごめんなさい。私、どうしても人前が苦手で、がんばろうって決めたのに、足が動かなくなってしまって。

――なんだ、そんな事か。体調が悪いんじゃないなら良かった。こんなにたくさんの国民の前に立つなんてはじめてだもんな。よし、俺が手をひいてやろう。

――えっ？

――大丈夫さ。笑えないなら俺の顔を見るといいぞ！　よく皆に『カロル様の笑顔を見るとつられて笑ってしまう』と言われているからな！　……よし、笑ったな。その調子だ！

――カロル様、ありがとうございます。

――気にするな。もしバルコニーに出てお前が笑えないようなら、俺が思わず笑ってしまいそうなおもしろい顔でもしてやろう！

――そ、それは、ふふっ。私が緊張で固まってしまうよりも国民をおどろかせてしまうのでは？

――ははは、たしかにそうだ！

あの日、強い力で引っ張ってもらった事で踏み出せた最初の一歩。

光差すバルコニーが怖いだけの場所ではなくなった瞬間。

あの時差し出された手は、間違いなく私が変わるきっかけだった。

結局私は、彼が期待するほど変わりきる事は出来なかったけれど。


――これからは俺たちがこうやって国民の前に立って道を示していくんだ。人前に立つのなんてあっという間に慣れるさ！


あの時彼が言った言葉は私にとって物凄く重くて、そして今も達成出来ていない事だ。

カロル様の人を励ます事が出来る太陽のような笑顔は、大人になった今も変わっていない。私が呆れられてしまっただけで、彼は元々優しいかただ。

「カロル様が大丈夫だぞって笑って、率先して前に立って歩いてくれたから、私はやってこれたと思っているの。そう考えると王族は人前に立ってこそ、という彼の言葉も当然だわ。彼自身がちゃんと私にそう示してくれていたもの。後は私が人前に対する苦手意識をなくせれば良かったのだけれど……苦手な事を克服するのって難しいのね」

そう言いながら立ち上がり、ベンチに戻ろうと振り返る。

こちらに向かって手を伸ばしていたアランさんと目が合って、一瞬二人揃って固まった。

「あの……」

「あ、ああ、いや。何でもない」

さっと手を下ろしたアランさんの姿は、ここ数日何度か見ている。態度にも少し違和感があるので何か私に言いたい事でもあるのだろうかと思って聞いてみたのだが、彼は何も言わない。相変わらず二人で楽しく過ごせているので、嫌われたり何か怒っていたりするわけでもなさそうだ。彼自身が今は悩んでいるようなので、深くは聞かない事にして隣に戻る。

「……あら」

「降ってきたな」

座ったと同時にゆっくりと白い粒が降ってくる。勢いはないけれど粒は大きめだし、これから強くなっていくだろう。

「外でのお茶会は終わりね」

「こんな風に外で茶を楽しんでいる事自体が俺にとっては不思議だが、悪くないな」

常に凍え続けた日々の中で、最近ようやくこの家で暖かさを取り戻した彼が、こうして外の寒さすら楽しんでいるのは良い事なのだろう。

ゆっくりと増えていく空を舞う白い粒。

お茶会の続きは家の中でやる事に決めて、二人で部屋に戻る事にした。

外でのお茶会から数日が経った。あの日以来晴れ間は見えず、吹雪（ふぶき）というわけではないが雪はちらついているので、最近のお茶会は家の中でだけだ。少し肌寒く感じて暖炉の火を強めにする。しばらく雪が降らなかったのは、やはり本国の影響ではなかったようだ。

空から降ってくる雪を、窓越しにじっと見つめる。

「この寒さも、ちょっと幸せに感じるのよね」

城周辺では感じた事のない雪の寒さ。最初は新鮮に感じてはいたが、どうしたって寒い上に不便な部分も多かった。けれど慣れた今はこの寒さも生活の幸せの一部になりつつある。

「布団にくるまって寝るのが楽しみだけど……明日いつも通りの時間に起きられるかしら」

あの独特のぬくぬく感が幸せ過ぎて、気温差によっては朝起きるのが名残惜しくて少し長く布団の中にいてしまう。

それは今仮眠中のアランさんも同じようで、最近は眠りも深い。仮眠という名の熟睡だ。仕事がない日は長く眠っている事もある。

そろそろ起こしに行かなければ、と立ち上がり、二人分の湯気の立つ紅茶を持って仕事部屋へ向かう。

最初はこの国の王であり、しかも歳(とし)の近い男性でもあるアランさんを起こすという事に緊張していたが、今はなんだか慣れてしまった。こうして私が慣れるくらいには長い時間を一緒に過ごしているという事だ。

不思議な気分になりながら仕事部屋の扉に手をかける。

暖炉の傍(そば)のソファで毛布にくるまる彼の姿も、もう見慣れたものだ。以前は起こしてから取りに行っていたお茶も、最近ではこうして起こす時に持って来るようになってしまった。

「あら……？」

目元を腕で隠すようにして眠っている彼の手には、いつもの手袋はない。彼は基本素手にならないようにしているので、これはずいぶんと珍しい、というよりも初めて見た。

彼も私と同じように、この家で過ごす事に慣れたのだろうか。

……そう、私は慣れてしまっていた。

彼を起こしに来るのも、熱いお茶が載ったお盆を胸の前で抱えて歩くのも。

お茶をテーブルに置くために、一度彼の眠るソファの前を通り過ぎる事も。

彼はいつも同じ位置に靴を脱いでいるからと、自分の足元をよく確認せずに歩き続けた事も。

すべていつも通りの事だったから、注意深く歩いたり周囲を見たりもしていなかった。

ソファの前に差し掛かった時、一歩踏み出した足が何か柔らかいものを踏む。

え、と声を上げる暇もなく、普段ならば別の場所に揃えてあるはずのアランさんのブーツが足の下でずるりと滑り、私の足ごと勢いよく位置をずらす。

足元が滑った事で倒れ始めた私の視界に入ったのは、倒れる時の勢いで上に載ったお茶ごと遠くへ飛んでいくお盆だった。

勢いが良すぎたせいで体勢を立て直す事も倒れる位置を確認する事も出来ず、そのまま勢いよく倒れ込む。

「……ぐっ」

……ソファで眠るアランさんに覆いかぶさる形で。

人一人にいきなり押し潰される形になったアランさんからくぐもった声が漏れる。少し離れた位置でカップが絨毯(じゅうたん)に落ちる音が響き、中身がバシャリと零(こぼ)れた音を最後に静かになった。

衝撃で起きてしまったらしい彼の目がゆっくりと開いていく。ようやく転んだ衝撃から抜け出した私が申し訳ないと謝ろうとした時、ヒヤリとした感覚が肩に触れた。

氷を直接押し付けられたかのような冷たさに思わず肩のほうを見る。

「……あ」

私の口から思わず声が零れたのと同時に、彼も私と同じ場所を見たのだろう。

彼が息を呑(の)む音が妙に大きく聞こえた。

手袋をしていない彼の手が私の肩を掴(つか)んでいる。突然の衝撃にとっさに手が動いたのだろう。

「(凍る！)」

一瞬、自分が凍る事を覚悟した。

自分が凍る恐怖ではなく、アランさんを傷つけてしまうとか、申し訳ないとか、そんな感情が一気に湧き上がる。

一瞬息を詰めたのは私も彼も同じで、私は凍る覚悟を、彼は凍らせる覚悟を決めていたのかもしれない。

「あ、あれ……？」

「………？」

一瞬の間の後に戻ってきた呼吸。私の肩は先ほどと変わらず、まるで氷で包まれているような冷たさを感じている。けれど、凍りつく様子もなければ凍り始める様子すらもない。

アランさんも呆然とした様子で、自分の手が掴む私の肩を見つめている。

「凍、らない……？」

何度も何度も、彼が花を凍らせる様子を見てきた。凍らせてしまう事が彼を苦しめている事も知っている。しかし今、花と同じように彼に触れられているはずの私は凍っていない。

う、とアランさんが小さく呻く声が聞こえた。

「す、すみませ……っ」

その声でようやく自分が彼に覆い被さるような体勢だった事を思い出す。慌てて謝ろうと口を開いたと同時に、私の顔は一気に彼のほうに引き寄せられた。

顔が勢いよく彼の肩口に埋まり、今度は私の口からくぐもった声が出る。

ヒヤリとした感覚が全身を包んだ。

すぐに彼に抱きしめられている事に気付き、全身に熱が走る。歳の近い男性に抱きしめられた事などない私にとって、この体勢はとてつもなく恥ずかしい。

けれど……何か言わなければ、なんて考えは、耳元で聞こえた彼の小さな嗚咽ですぐにしぼんでいった。

私の頭や背中にまわった彼の手が震えている……アランさんが泣いている。

それに気づいてしまえば、自分の照れくささなど何の問題にもならない。

ぎゅうぎゅうと苦しいくらいに締め付けてくるアランさんの邪魔にならないよう、ゆっくりと体の力を抜き、彼が満足するまでじっとしている事にした。


「すまない」

「い、いえ」

どのくらいそうしていただろうか。

しばらく私を抱きしめたまま小さく泣き続けていたアランさんは、起き上がってソファに並んで腰かけている今も私の手を握ったままだ。

遠くに転がるカップにすら気が付いていないあたり、やはりいつもの余裕はないらしい。

後で片付けよう、彼の手に包まれている自分の手の熱さから目を逸らすように、そんな事を考える。

いや、きっと私は現実逃避をしている。

手を握られているからとか、長い時間抱きしめられたからとか、理由はそれだけではない。

この現状の異常さから、目を逸らしていたかった。

「凍らない、な」

「……ええ」

私の手を握ったままの彼が、私の手に自身の頰を押し当てる。ひえ、と飛び出しそうになった声を何とか堪え、机の上に置かれた花を見る。そこにはつい先ほど彼が試しに凍らせた花がいつもと同じように美しく輝いていた。

……つまり、今私が凍らないのは、彼の力に変化があったわけではないという事だ。

「すまない、女性にここまで触れるのはよくないとわかっているのだが」

「だ、大丈夫よ」

申し訳なさそうに細められた目の真剣さになんだかどきどきしてしまって、視線のやり場に困ってしまう。しかしそれでもこの手を振り払う気にはなれない。

友人として過ごしていた間に、彼が人と触れ合えないという事実を諦めながら受け入れ、そうして苦しんでいた事を痛いくらいに知ってしまっている。

「すまない、冷たいだろう?」

「いえ……あ」

彼の気遣いの言葉に返事をして、そうしてまた一つ私は自分の変化に気が付いた。

「もう冷たさはほとんど感じないわ。少しひんやりするくらい」

見開いた彼の目を見つめ返す。

抱きしめられた時に感じていた氷のような冷たさは、いつの間にか感じなくなっていた。冷たさに慣れたからというわけでもないし、私の体温が彼に移ったわけでもない。

これはもう、曾祖父の加護の影響として片付ける事は出来ないほどの状況だ。

私の手は放さないまま、少し視線を彷徨わせた彼が私のほうを見る。

「ヴェラ、すまないが精霊の加護が君にあるかどうか、再度調査させてくれないか？」

「ええ、私からもお願い」

「高位精霊の加護の効果を打ち消すなど、同じ高位精霊の加護としか考えられないが……念のため高位精霊の加護の調査と同時に通常の精霊の加護も調査してみよう。一応聞くが、何か自覚や変化はあったりするか？」

「いいえ。最近も精霊が加護をくれたという夢は見ていないわ。変化という変化はこの状況くらいで」

もしも私が加護を貰っていたならば、皇太子妃であった頃にもっと国が豊かになっているはずだ。この家の周辺だって、私が来た頃と大差ない。

彼の手に包まれながらも、凍り付くどころか熱を取り戻している私の手。

高位精霊の加護の影響すら受けないなんて、いったい私はどうなっているのだろうか。

「……暖かい」

そう呟いて嬉しそうに笑う彼。

私の手の熱をアランさんも感じているというありえない事態。嬉しそうな彼を見ていると悪い事ではないとは思うのだが、素直に喜ぶ事は出来なかった。

精霊の加護を受けているかどうかの結果はすぐに出る。もし加護を受けていたら、それも高位精霊の加護だったとしたら、私はどうなるのだろう？　城に戻されたりしないだろうか？

せっかく手に入れたこの家を、今のこの幸せな暮らしを手放したくない。

「私、加護持ちだったとしても連れ戻されたりしないかしら？」

不安からつい零れてしまった言葉。

少し驚いた顔をしたアランさんは一度考え込み、すぐに私に向かって笑いかけてくる。

「まだ何もわからない状況だし、今回の調査に関しても俺が君に触れられるという事は伝えずにやってもらうつもりだ。結果もまずは俺と君で見よう。それから考えればいい。君には出会ってからずっと助けられている。だから君の意志を無視して、強制的に向こうの城に戻されるような事はないようにする」

「……ええ、ありがとう」

私もアランさんには助けてもらってばかりだ。

それはそれとして、いい加減恥ずかしさが限界なのだが、優しく微笑みながらもがっちりと私の手を掴んで放さない彼の手はいつ緩むのだろうか？

ピクリとも動かせないほどの強い力と冷たい彼の体温、自分の手よりもずっと大きいこの手を意識してしまいそうで……。

薄暗くなり始めた外を見て、次にこみ上げる嬉しさを隠せていない彼を見る。

だめだ、何も言えない。

彼が帰るまではこのまま好きにしてもらおう、心の中で静かに覚悟を決めた。


アランさんが私に触れる事が出来るとわかった日からしばらく経ち、私達の手元に精霊の加護の調査結果が届いた。今日は仕事がない日だし、結果によっては色々と相談しなければならないのでちょうどいいだろう。ただ正直、期待よりも不安のほうが大きい。

緊張しながらも通常の精霊の調査結果を開いてみるが、そこには加護は受けていない、という結果が書いてあるだけだった。

「やっぱり……」

「まあ、通常の精霊の加護では俺の加護の影響をまったく受けないなんて不可能だからな」

本命はこちらだ、と言いながら高位精霊の結果のほうを手に取ったアランさん。

「あの……」

「ん？」

「……何でもないわ」

近い。ソファに並んで座る事は今までもあったが、今はぴったりとくっついて腰かけている。

あの日から彼は遠慮がなくなったというか、数日経って私が凍らないと確信出来たためか、最近はひたすら距離が近い。基本的には物を凍らせないために手袋は付けているのだけれど、よく外しては私に触れてくるようになった。

手を握られたり頰に触れられたり髪を撫でられたり……非常に困っている。

何が困るって、そうして触れられる事が嫌ではない自分に困っている。

細められた目とか、今までとは比べ物にならないほどの頻度で向けられるようになった笑顔とか、摑まれる時のひんやりとした感覚ですらなんだか意識してしまって、本当に困っている。

普段の私ならば異性にべたべた触られる事に嫌悪感を抱いてもおかしくはない、たとえ友人相手であってもそれは変わらないだろう。

たとえば今、ありえないけれどカロル様に同じように触れられたら、少し嫌だと思うかもしれない。いや、あのかたは私に触れては来ないけれど。

——夫婦として過ごす？　王族としての責務すら果たせていないのに、そんな事をしている場合じゃないだろう？

結婚したばかりの頃、あまりにも遠い距離と、王族としての仕事でしかかかわりがない関係を疑問に思って問いかけた時の返事は、今でも覚えている。いつも通りの、悪気などまったくない不思議そうな顔も。

あの日、私は自分がカロル様の望むように人前で堂々と活動する事が出来ない限り、彼と異性として愛し合う事はないのだと知ってしまった。そして苦手意識は変わる事なく、彼との夫婦としての触れ合いも一度もないまま結婚生活は終わったのだ。きっと結婚している間にカロル様が触れてきたら嫌だとは思わなかっただろう。もう関係のない、家族ではなくなった男性に触れられるのは嫌だというだけだ。

けれど、アランさんに触れられるのは嫌どころか少し嬉しいと思ってしまっている。彼だって家族という括りには入っていない人なのに。

これが離婚前だったならば、どちらに対してもまったく違う感情を覚えたのだろうが。

アランさんに他意はないだろう。

突然取り上げられ、長年失っていた人との触れ合いが嬉しいだけだ。意識してしまう自分にそう言い聞かせ、深く考えないようにしながら、彼と共に結果の書かれた紙に目を通す。

「高位精霊の加護もなし、か」

「なら、どうして」

普通の精霊の加護も高位精霊の加護も私にはない。それなのにアランさんと触れ合う事が出来る。アランさんの高位精霊の加護も同時に調査してもらったが、変わりはないそうだ。

理由もわからずこのまま過ごすのは何となく落ち着かない。精霊の加護はわからない事ばかりだが、それでも何か、この状況を説明出来るような何かが欲しい。

「一度、精霊の加護について調べ直したいな」

「アランさんも気になる？」

「当然だ。自分の力に関係する事だし、何よりも理由もわからず突然触れられるようになったんだぞ。同じように突然君に触れられなくなる可能性があるなんて冗談じゃない」

う、と口ごもる。他意はないのだと再度自分に言い聞かせ、アランさんから視線を外した。

「ヴェラ、家探しをするみたいで申し訳ないのだが、君の家を、君の曾祖父殿の資料を探す時間を仕事に組み込んでも良いだろうか？」

「ええ、私もそうしてもらえると嬉しいわ」

そう、アランさんの城にも、そして私が知る限り本国の城にも、今知られている以上の加護に関する資料はない。可能性があるとすれば、加護を受けた曾祖父直々の研究結果だろう。

「どこから、手を付ける？」

「………」

二人揃って遠い目をしてしまう。

未だに片付かないこの屋敷。アランさんが出入りするようになったにもかかわらず片付かない部屋が多いのは、物が多すぎて使おうと思った部屋にしか手を付けなかったからだ。

たまに二人で散らかった部屋を見て回ったりもしたのだが、本格的に片付けるとなると彼の言う通り別枠で時間を決めなければ進まない。

「一番近い部屋から順に行くように計画を立ててみるか」

「そうね」

何にせよ、手を付け始めなければ現状は変わらない。

ごちゃーっ、という擬音がぴったりな部屋を思い浮かべて、二人揃ってどこか引きつった笑みで向き合って、それがおかしくなって笑い合う。

「せっかく仕事も休みなんだ。計画を立てる前にどこかの部屋を軽く片付けてみるか」

「この階の一番端の部屋がかなり小さいから、今日はそこに行ってみる？」

「そうするか」

仕事部屋や居間の近くの部屋は何かと使うため片付いているので、目的の部屋は少し先だ。

部屋に向かいながらまずは埃を何とかして、それから……と悩んでいると右手にひやりとした感覚が走る。慌てて顔を上げると、笑顔のアランさんと目が合った。

「行こう。もしかしたら仕掛け箱や屋敷の謎解きの先にあるのかもしれない」

「え、ええ。でもそうだとしたら見つかるのは年単位で先になる可能性が……」

「それはさすがに勘弁願いたいところだな」

なぜか私の手を握って歩き出すアランさんになんと指摘したらいいのかわからず、引かれるまま手を繋いだ状態で彼と並んだ。

結局すぐに目的地には着いたのだが、妙に時間がかかった気がする。いまだ繋がれたこの手をどうしたらいいのだろうかと悩みながら部屋の扉を開けた。

「………」

部屋の中を見た瞬間、照れくささも戸惑いもすべて吹っ飛んだ。笑っていたはずのアランさんですら無言になって室内を見つめている。

わかっていたはずだが、実際に見ると先が見えないほどの散らかり具合だ。相変わらずと言っては失礼だが、全体的に物で溢れかえっているし、埃も蜘蛛の巣もすごい。

最近は暮らすのに不自由がない程度の部屋は片付け終えたので、新しい部屋に足を踏み入れる事が減っていた。そのせいでよけいに散らかっているように感じるのかもしれない。

とはいえ手を付けると決めたからには動かなくてはならないだろう。

私の手を放したアランさんが手袋をつけたのを確認して、部屋に足を踏み入れる。しばらく二人で片付けながら部屋の奥へと進み、気になる物は別に避けて、と繰り返す。

一時間ほど黙々と片付け、ある程度部屋の中が綺麗になったところで少し休憩する事にした。手袋を取ったアランさんが床に座り込んだので、私も隣に腰を下ろす事にする。

次の休憩の時は居間に戻ってお茶を淹れよう。

「わかってはいたが、凄まじいな」

「世界中で集めた物が詰まっているんだもの。興味深い物も多いけど、ここまで来ると少し減らしたい気もするわね」

「ヴェラ、楽しそうだな」

「え、あはは」

そうなのだ。口では減らしたいと言ったものの、出てくる物の大半が面白そうで、時間をかけてゆっくり見たい物も多い。こんな風に気軽に捨てられないからこの家は片付かないのだ。

今まで見つけた物を思い出して笑っていると、今度は頰にひやりとした感覚が走る。

「汚れてる」

「あ、ありがとう」

少し顔を傾けて優しく笑うアランさんに頰を手で拭われ、顔が熱くなる。私が赤くなった事に気付いたらしいアランさんの笑みが深まった。

他意はない、ないはずだ。

意識してしまう私が大げさなだけなのだと思いたいのに、こうして優しく笑われてしまうとよけいに意識してしまう。彼に触れられると一瞬ひやりとするので、最近は雪が顔に当たった時にすらどきっとする事もあって、本当にどうしたらいいのかわからない。

触れられるたびに感じるふわふわとした気持ちもよくわからないままだ。

アランさんと見つめ合う状況が恥ずかしくて、そっと目を逸らした。

「ヴェラ、すまない、ちょっと……」

「えっ」

せっかく目を逸らしたのに、すぐに私の顔は彼の手によって元の位置に戻る事になった。頬に添えられた彼の手には先ほどよりも力が込められている。至近距離で私の顔を覗き込むアランさんの顔を見て顔が沸騰したかと思うくらいに熱くなったが、彼の表情がひどく真剣な事に気付いて、すぐに熱は冷めていった。

「あ、あの……」

私の戸惑い交じりの声にもアランさんは反応せず、真剣に私の顔、正確には私の瞳をじっと覗き込んでいる。少しだけ顰められた眉で、何かが起こっている事だけは察する事が出来た。

「これは、いったい……」

「何かあるの？」

この至近距離は本当に恥ずかしい。恥ずかしいのだけれど、アランさんの深刻さに気付いてしまったせいで目を逸らすわけにもいかなくなってしまった。

少しの間無言の時間が続き、だんだんと不安になってくる。

「……消えた」

「何が？」

一度何かを考えたアランさんは、眉を顰めた表情のまま私から顔を離した。少しだけ温かくなり始めていた彼の手も同時に離れて行ってしまう。

「君の瞳の中に花が舞っていた」

「は、花?」

教えてもらったはいいが、全然意味がわからない。花? 目の中に?

「君の瞳に何か映っている気がして覗き込んだんだが、よく見てみると桃色の花や花びらがはらはらと舞っているのが見えた。今は消えてしまったが」

「空中の埃ではなく?」

「埃があそこまで鮮明に映り込むとは思えないが……それに、しっかりと花の形をしていたものもあったし、どう考えても埃ではないと思う。他にこの部屋で瞳に映りこむくらい動いていたのは俺くらいだし、そもそも目に映っているというよりは瞳の中で舞っているような、何と言ったらいいのか……」

鏡がないので部屋の窓に映る自分を見てみるが、窓まで遠い事もあって瞳をじっくり見る事は出来ない。目に異物感なども感じなかった。

「春に満開の花を咲かせた木々の隙間から空を見た時と似ていたと思う。元々君の瞳は春の空と似た色をして綺麗だと思っていたが、さっきはそこに花が舞っていた。君の髪の色と同じ柔らかな桃色の花だ。最初は気のせいかと思うくらいの量だったが、覗き込んでいる内にその空色が隠れるくらいの花吹雪になっていた。話している内にふっと消えてしまったが」

突然の褒め言葉に、感じていた不安が凄まじい照れに変わり、そしてすぐに不安が戻ってくる。我ながらせわしないが、これは絶対に私のせいではない。まるで口説かれている気分だ。

——綺麗だなあ、私の好きな春の空と同じ色だ。そこもお前が……。

ふと、曾お爺様が幼い私の目を覗き込んで言っていた言葉を思い出した。ぼんやりとした記憶では続く言葉は思い出せないが、褒められて嬉しかった事だけはしっかりと覚えている。

曾祖父が良くそう言って褒めてくれたから、私は私の瞳の色を好きになれたのだから。

アランさんに褒められるとどきどきするし、どうしたらいいのかもわからないが、綺麗だと言って貰えたのは素直に嬉しい。私だって彼の冬のような瞳や髪を綺麗だと思っている、彼が寒さや雪に苦しめられているので口には出来ないけれど。

一瞬思考が別のほうに向いたが、今気になるのは花のほうだ。先ほどと変わらず瞳には違和感がない。片手を目の前にかざしてみるが、やはり何も変わらなかった。

「俺は、ずっと気になっている事があったんだ」

「気になっていた事？」

「この家の話だ。精霊の事は詳しくわからないから、この家には君の曾祖父殿の加護の影響が残っている、と今までは納得していた。それが今ある情報の中で一番可能性が高かったからな」

それは私も同じだ。違和感や納得出来ない事はあれど、それしか可能性がなかったから。

「君の曾祖父殿に加護を与えていたのは通常の精霊だ。俺の高位精霊の加護を多少緩和出来たとしても打ち消す事は不可能だろう。加護を貰っていた本人が何年も前に亡くなっているならなおさらだ。それに、最近は当たり前の光景で深く考えていなかったが、この家で育てた花は何故あんな短期間で数多く咲くんだ？」

「……私もそれは気になっていたわ。最初はこんなものなのかと思っていたけれど、だんだん世話に慣れてきて色々調べる内に、この家では花が咲くまでの時間が本来よりもずっと早い事に気付いたから。咲く数も多くて質も良いんだもの。でもこれも、曾祖父の加護だと考えるしかなくて」

そう。彼の言う通り、最近当たり前の光景になってはいたが、この家で私が植えた花は通常とは育ちかたが違う。私は今まで園芸をやっていなかったし、知識もほとんどない。じいやの説明書の通りにやっていただけだ。そんな素人同然の私が育てた花が、アランさんの加護の影響が強いこの町でとても美しく花を咲かせている。

「そもそもだが、雪が積もった地面の隣にあんなに大量に花が咲くものなのか？　それも普通の雪ではない、冬の高位精霊の加護で降った雪の隣に。それに……」

「それに？」

「花の事ではないが、君がこの家に来てから、最初に町の雪が止んだ日を覚えているか？」

「最初……ええ、初めて買い物に行った日だから覚えているわ」

皆がぽかんと空を見上げ、家の中にいた人ですら外に飛び出してきていたので、印象に残っている。そういえば、小さな子どもを連れたかたがうちの子は雪が止んだのを初めて見たと言っていたっけ……あれ、でもそれって。

「雪が完全に止むなんて、それこそ数年ぶりだった。だがあの日以来、雪の降らない日が時々訪れている。俺は……雪が止んだのは君が町に行ったからではないかと思っているんだ」

「私が……」

「確証はないがな」

確かに私の周辺で色々な事が起こってはいる。でもそれは偶然の可能性もあるし、私の影響だと言えない理由もあった。

「でも、調査の結果では通常の精霊の加護も高位精霊の加護もなかったわ」

そう、加護を得ているのならば何の問題もなく、私自身の影響だという理由ですべての問題が解決したのだ。けれどあの調査結果がすべてを否定する。

「俺は君に春の精霊の加護があるのではないかと思っていた。だがあの調査結果が間違っていた事はないし、君に自覚がないのならなおさら加護はないのだろうが……」

「いったいどうなっているのかしら」

この家で咲く花の事、雪が止んだ事、瞳の中で舞う花の事、何よりもアランさんに触れられても凍らない事。

じわじわと湧き出す、得体の知れない現象への不安。

そんな不安は、強さを増す前に頰に感じた冷たさで霧散していった。

「もう花は舞っていないな」

私の頰に手を添えたアランさんが先ほどと同じように至近距離で覗き込んでくる。まるで不安の代わりだと言わんばかりに、心の中が恥ずかしさで一気に満たされた。

「あ、あの」

「ん？　ああ、すまない」

軽く謝って離れて行くアランさんはどこか幸せそうだ。彼の表情を見て、無意識に入っていた肩の力が抜ける。得体の知れない力や現象は怖いけれど、彼と触れ合える事だけは、そのおかげで彼が幸せそうに笑ってくれる事だけは、喜んでおこう。

「なんにせよ、この屋敷を片付ける理由が増えたな」

「ここに何もなかったら、曾お爺様か曾お婆様が良く使っていた部屋を探してみましょうか」

「家具もしっかり確認しないとな。君の作業部屋の机のような分厚い板で出来たものは特に」

「絵画や本棚もね。今までに見つけた仕掛け箱も全部開けてみないと」

「片付け終えた部屋もまた調べる必要がありそうだ、終わる気がしないな」

苦笑いを交わし合って、片付けを再開する。大丈夫、わからない事だらけだけれど、決して不幸ではないという事だけはわかっているのだから。

第六章　雪に包まれて

数日かけて一つ部屋を片付け、何もなければ次の部屋を、と繰り返す。今のところ何も見つかっていない。どこにあるのか、本当にあるのかもわからない物を探すのは骨が折れる。

しかも予想通り各部屋に意味ありげな物が多く、一つ一つ確認しているとすべてが怪しくなってくるのでどうしようもない。怪しげな像や仕掛け箱を集めて一部屋にまとめてみたが、結構な大きさの山になってしまい、二人揃って頭を抱える羽目になった。

それに片付けにばかり集中してはいられない。優先すべきは仕事のほうだ。

「ヴェラ、君宛てだ」

「私に?」

「ああ」

いつも通り二人で仕事をしている最中、アランさんが数通の手紙を私に差し出してきた。

こうして私が手伝うようになってから数度翻訳し、贈り物のやり取りをした国々から来た物のようだ。確かに私宛てになっており、差出人はそれぞれの国の王妃様や皇太子妃様だった。

彼女達とは皇太子妃時代によく手紙でやり取りをしていたし、公務だけでなく多少個人的なやり取りがあった相手ばかりだ。

一国の王妃や皇太子妃である彼女達と、元皇太子妃とはいえ家からも縁を切られて身分などなくなってしまった私。離婚後は手紙を出せるほどの時間も与えられずこの家に来たのでろくに挨拶(あいさつ)も出来なかったし、今の地位では彼女達に手紙は送れない。

だからもう、連絡を取る事はないと思っていた。

もちろん私がアランさんの補佐をやっている事は彼女達には伝えていないし、向こうがそれを知ったとしても、すでに王族ではなくなった私に手紙が来るとも思っていなかったのだが。

「向こうの国の祭典や祝い事の関係で何度か品を送っただろう？　その際に贈った物の内容や添えられていたメッセージカードで気付いたそうだ」

「え、それだけで？」

確かに添え状も付けたし、贈る品もその国に合わせて変えてはいた。ただ、添え状など短い文章だし、もちろんアランさん名義なので私の名前は入っていない。

知ったとすれば城関係者を通してだと思っていたので、予想外の理由だ。

手紙には私の事を心配する言葉や、贈り物に対するお礼等が書かれている。

本国からいつもと違う物が届いたので好物が届くと思っていた娘が落ち込んでいた事、そんな時この国からいつもの果実が届いて嬉(うれ)しかった事、添え状の文面や筆跡からもしかしてと思い、アランさんに私の事を聞いた事。

もし私さえよければ、これからは個人的に友人として手紙のやり取りをしてほしい、と書いて下さったかたもいる。

「…………」

何と言葉にして良いかわからなくて、何度か手紙を読みかえす。すべて違う国の言語で書かれた文章はどれも優しくて、私の事を想ってくれていた。私が王家にいた間に結んだ縁は今もまだ繫がっているのだと教えてくれる手紙の束。

じわじわと湧き出す温かい気持ちを感じながら、机の上に広げた手紙をそっと撫でる。

「贈り物をありがとう、って。私と友人になりたい、って」

「……確かに君は前に出る事こそ少なかったかもしれないが、皇太子妃としては問題ない働きだったと俺は思う。だからこそこうして他国の王族から君に手紙が届くし、君が王族でなくなっても個人的に繫がっていたいと思われている」

「ええ」

「以前も言ったが、君と話していると良い意味で気が抜ける。彼女達も同じなんだろうな。生真面目な王妃として有名なかたですら、少し気が抜けた文章だ。皆俺と同じように、君と話していると穏やかな気分になるんだろう」

柔らかな表情で私を見つめるアランさんの目は、彼の言葉通り穏やかだ。

直接会って話す事は少なかった彼女達が、その少ない時間の中で私の事を好意的に見てくれていた事が本当に嬉しい。

喜ぶ私を見て笑っていたアランさんだが、すぐに何か考え込んで手元の書類を見始めた。

「本国は他国への祝い品は同じ物で揃えたのか。それぞれの国で喜ばれる物がわかっているのなら、そのままにしたほうが良さそうなものだが。やはり人員が足りなかったか」

「異常な気象が続いているし、カロル様の再婚も近いでしょうから城中が忙しいでしょうね。今回贈っている品々も本国の名産品だから問題はないし、私が書いた贈り物のリストはもう残っていないはずだから、新しく調査せずにすべて揃えるほうを選んだのかも。それにカロル様の手紙があれば、別の誰かが添え状を書く必要もないし」

「だが君がいた頃はやっていたのだろう？　確かにやらなくても良い事だが、あるに越した事はない。あったほうが心証が良いのは確かだ」

「それは、そうなのだけれど」

「それにカロルの再婚もまだ目途は立っていない。式の日程すら不明だ」

「え、でも……」

私が彼と別れてからの日数を考えても、そろそろ結婚式を挙げる頃合いのはずだ。むしろ少し遅いくらいだと思う。

私は町以外の場所に出かけない上に、町や城の方々が気遣ってくれているようで、カロル様の話題が私の耳に入る事が少ない。自分で積極的に調べる事もしないので、私が知らないだけなのだろうと思っていたが、どうやら結婚式に関しては実際に発表されていないようだ。

「気象の問題解決を優先しているのかしら？」

「どうだろうな」

アランさんは少し悩んだ後、ため息を一つ吐いた。

「まあ、本国は城で働く人数も多いし何とかするだろう。俺は俺でやるべき事をやるだけだ。ヴェラ、この手紙の翻訳の確認を頼む。君が彼女達に返事を書くなら初回は俺の手紙と一緒に送ろう。次から個人でやり取り出来るように調整すればいい」

「ええ、ありがとう」

この手紙に返事を書いたら、私には新しい友人が出来る。なんだかくすぐったい気分だ。

「私、この家に来られて良かったわ。どんどん友人が出来て嬉しい」

「良かったな……最初は俺だろう？」

「え、ええ。そうね。アランさんとも出会えて良かったわ」

笑顔のはずのアランさんから謎の圧を感じた気がする。とはいえ彼が一番初めに出来た友人である事には変わりがないし、彼と出会えたからこそ今の幸せがあるのは確かだ。

「俺も、君と出会えて良かった」

目に見えて機嫌が良くなったアランさんの言葉は私にとって嬉しいものだったが、そんな彼はすぐに私を見て少し目を細めた。最近見るようになった彼のこの表情の意味はわかっている。

「出てる？」

「ああ、舞い始めていたが、今回はすぐに消えてしまった」

そっと自分の目元に触れてみる。

私の瞳の中で舞う花は今も変わらず、現れる原因もわからないまま。

初めてこの花に気付いた日からずっと、毎日のように花は現れている……らしい。

私が鏡を見た時は出てこないので、実際に花を目にしているのはアランさんだけだ。彼が花に気付いて覗き込んでからしばらくは勢いよく舞い続け、私が原因がわからず悩み始めたあたりで消えてしまっている。

「今日の仕事はこれで終わりだし、少し休んだら片付けのほうに行くか」

「ええ。お茶を持って来るわ」

穏やかに休憩の時間を過ごし、片付け中の部屋へ向かう。この部屋は細かい部分の確認をすれば終わりだったので、三時間ほどで片付けは終わってしまった。

残っているのは部屋に積み上がっていた荷物の山だ。仕掛け箱と一緒に普通の箱や書類も積み上がっている。

「早めに夕食にして、俺が帰るまでの間に中身の確認でもするか」

「そうね。今から始めても中途半端になってしまいそうだし、先に食べてしまいましょう」

そうして二人で早めの夕食を取った後、片付けていた部屋に戻って箱を開けていく。夕食後なので仕事の時間は終わっており、もう遊んでいるようなものだ。

箱を開けては出て来た物を確認して、二人でああでもないこうでもないと感想を言い合う。

「こうか、いや、枚数が合わないか」

「この裏面に書かれているマークも何か関係してそうだけど」

「だが数字との一貫性はないぞ。それともこれは数字でなく別の国の言語なのか？」

箱から出て来たカードゲームのような物の遊びかたを二人で悩みながら、適当に並べては上手く行かずにカードをまとめ直して、と繰り返す。どこかに取説でもないかとカードが入っていた箱を確認してみるが、よくわからないカードが数枚入っているだけだった。

「説明書はなかったけど、追加のカードが出て来たわ」

「また新しいマークのカードが……よけいにわからなくなったぞ」

わいわいと話しながら、何が入っているのかわからない箱を開けていく。こうして友人と宝探しのような事が出来るのが楽しくて、幸せだなあ、と自然に笑みが浮かんだ。

「ヴェラ、こっちの箱にも追加のカードが……」

不自然に言葉が途切れたアランさんは、私の目をまっすぐに見つめている。どうやらまた花が出ているようだ。

ゆっくりと伸ばされた彼の手が私の頬（ほお）に添えられ、至近距離から覗き込まれる。

最近こうしてよく覗き込まれるが、頬に当たるひんやりとした彼の手の感触にも、すぐ近くにある彼の顔にも慣れないままだ。

「舞っているな」

「そ、そう……？」

頬(ほお)に添えられているアランさんの手を意識しないように必死に別の事を考えるが、まっすぐに瞳を見つめられていてはそれも難しい。

彼が私に触れてくるのは触れられるのが私だけだから。

真近くで覗(のぞ)き込まれているのも瞳の中の花の事を探っているから。

どきどきとうるさい心臓に必死にそう言い聞かせる。だって意識してしまう、ここ最近ずっと、それこそアランさんがいない時でも彼の事ばかり考えてしまっているのに。

少し薄暗くなり始めた部屋の中、まだ周囲は見えるけれど手元の品々の確認のために点(つ)けたランプの光が、さらに彼の事を意識させてくる。頬に添えられた冷たく大きな手が彼が異性なのだと強く主張してきて、どうしたらいいのかわからない、わからないけれど、少なくとも私はその手を嫌ではないと思っている。

そして、それと同時に感じる不安。

これは、この花はいったい何なのだろう？

やはりもう、曾(ひい)お爺様(じいさま)の加護の影響が残っているなんて理由では片付けられない。

いっそ加護があると言われたほうがしっくりくるのに、もう一度調査をしても加護はなし、という変わらない結果が出ただけだった。

「消えた」

そう呟いたアランさんが私の頬から手を放し、彼の顔も離れて行った。安堵の中に混ざる別の感情は、今の私では何なのかがわからない。

「以前はなかったのか？」

「ここまで自分の目をしっかり見た事はないけれど、なかったとは思うわ」

もし今までも舞っていたとしたら、確実にカロル様が気づいたはずだ。彼は常に私の目をまっすぐに見て話していたから、気付かないはずがない。

「……俺はやはり、君の曾祖父殿が何か知っていたのではないかと思うのだが」

「そう信じたいわね」

自分の事がわからないのは怖い。それも自分の体に起こっている現象なので、なおさら。同じように悩んでくれているアランさんも不思議そうなままで、悩みながらも私の頬から手を離した。遠くなった距離と離れた手に安堵しながら、少し感じる寂しさに気付いて頭を抱えたくなる。

穏やかで幸せな日々は、幸せだけれど悩みもある日々へと変わってしまった。

瞳の花に関する事以外は不安に思っていない自分に、さらに頭を抱える。

「この仕掛け箱や鍵穴のない箱の中に、何かヒントがあると思うか？」

「どうかしら？　曾祖父の事だから、重要な物が入った箱には何か印があってもおかしくはないと思うけれど……」

近くの箱を手に取って軽く振ってみると、コインがぶつかる音が響いた。今までに何個か見つけた箱と同じように、曾祖父が行った国のコインが入っているのだろう。

謎の言語で書かれた本が入っていた事もあったたし、小さな器が入っていた事もある。

重要な書類は仕掛け箱ではなく金庫に入っていたし、少し高価な物が入った箱は取り扱い注意の印があったりまとめて同じ所に入っていたり、と曾祖父なりに仕分けてはいたようだ。

そんな状況で、精霊関係の研究資料が本当にあるとしたら……。

「研究結果がもう知られている事だけだったとしたら、それこそわかりやすい所にあると思うの。ただ、まだ知られていない何かを知ったとして、それを隠す理由って何かしら？」

「確かに。公表すれば精霊の研究も進んだだろうし、名声や金銭も手に入ったはずだが」

「曾お爺様はあまりそういうものに興味がない人だったから、発表しなかったのかもしれないわ。それか研究したはいいけれど、あまり良い成果がなくて途中で止めた可能性もありそう」

「まあ、時間制限があるものでもないし、いつかは片付けなくてはならなかったんだ。徐々に進めて行こう」

「ええ。その、付き合わせてしまってごめんなさい」

片付けても片付けても散らかった部屋があるこの現状、どうにかならないものか。

一国の王に個人の住む屋敷の片付けを手伝わせているなんて、両親が知ったら卒倒しそうだ。

とはいえアランさん本人は非常に楽しそうなのだが。本人は無意識のようだが、部屋の中で興味深い物を見つけるたびに瞳を煌めかせている。

そしてそんなアランさんの事を言えないくらい、私自身も楽しいと思ってしまっていた。

見た事のない他国の物や文化、そしてこの国の古い歴史書の中にしかないような物も、この屋敷には多くある。子どもの頃に曾祖父と遊んだ宝探しゲームと同じ、わくわく出来る状況がずっと続いているのだ。

「ヴェラ、この箱の中身は君も読んだのか？」

「え？　ああ、これね。大好きだったわ。よく曾お爺様や曾お婆様に読んで、って持っていった記憶があるもの。ここにあったのね」

「俺もだ、懐かしいな」

毛足の長い小さめの絨毯を持ち込んで床に敷き、その上に並んで座り込む。箱の中から出てきた昔の小さな子ども向けの絵本を二人で覗き込み、ゆっくりとページを捲っていく。

片付けの時間は、こうして出てきた物を楽しむ時間でもある。

私達が子どもの頃に流行した絵本は、同じ年代の子どもならば懐かしさを覚えるだろう。少し古く感じる絵柄と子どもでも読めるような簡易的な文章を二人で追って懐かしさに浸り、笑い合ってはページを捲る。

そうして一通り見たら次の物に手を伸ばして……と、楽しい片付けを進めていく。

「あら？　これ子どもの頃のアランさんじゃない？」

「本当だ。しかしなぜ俺の絵姿がここに？」

「この箱には王家から頂いた物がまとまって入っているみたいね」

「だが、これは子ども頃の君の絵姿じゃないか？」

「……紛れ込んだのかしら？」

色々な物を見つけては二人で覗き込んだり、あれやこれやと話したりで、片付けは進みそうにない。時折アランさんが不意打ちのように触れてくるので、よけいに手が止まってしまう。

「しかし広いな。君が片付かないと言っていた理由が心底理解出来たよ」

「晩年は曾祖父母だけで使っていたから、どんどん片付けられなくなって物が溜まったのでしょうね」

今いる部屋の壁には曾祖父と曾祖母が描かれた肖像画が飾られている。ここは二人がよく一緒に過ごしていた部屋で、私も遊びに来た時に何度かここで遊んでもらった。

肖像画を見つめ、仲睦まじかった二人の姿を思い出す。

様々な国を見て回るのが好きで、そこでの冒険を子どものような表情で楽しげに語ってくれる曾祖父と、それをにこにこしながら聞いていた曾祖母。若い頃の曾祖父が外国を回っていた先で曾祖母に出会い、自分の冒険話を呆れる事なく楽しそうに聞いてくれた事で曾祖父が曾祖母を好きになって、そうして結婚したらしい二人。それぞれから聞く、二人の惚気のような馴れ初めはおとぎ話の中の恋物語のようで、幼い私の憧れでもあった。

私にとって理想の夫婦像は両親でも祖父母でもなくあの二人だ……私の結婚は終わってしまったけれど。

ふとカロル様に再婚したいなら自由にしていいと言われた事を思い出し、おかしくなって笑ってしまった。

曾祖父のように外を飛び回る事があまり得意ではない私。この家の探索はまるで冒険のようにわくわくするけれど、二人のような素敵な出会いがあるわけではない。結婚どころか恋すら未経験のまま強制的に私の結婚は決まり、そして強制的に終わってしまった。

皇太子と皇太子妃として、仕事上のかかわりしかなかった結婚生活。私の中では夫婦になったと言うよりは、皇太子妃という仕事の役職に就いただけ、という感覚だ。

私は結婚は経験したが、結婚生活は経験出来ていない。

「いつか、私も……」

「ヴェラ？」

「あ、ごめんなさい」

二人の絵を見て呟いた私を見て、アランさんが不思議そうに声をかけてくる。

考え事をしている間、不自然に会話を切ってしまっていたようだ。

なんとなく肖像画から目が離せなくて、じっと見つめたまま言葉を返す。

「二人が仲睦まじく過ごしていた事を思い出していたの。私にとっては憧れだったから」

「憧れ？」

「私もいつか曾お爺様達みたいな結婚生活を送りたい、子どもの頃はそんな風に思っていたから、なんだか懐かしくなってしまって」

「……それは、今も変わらないのか？」

「よくわからないわ。カロル様は自由に再婚しても良いと言っていたけれど、今まではその事に関してあまり考えた事はなかったもの。でもいつか、それこそずっと一緒にいたいと思える人が見つかったら……その時はまた結婚するのかもしれないわね」

もしもその時が訪れたなら、今度こそちゃんと夫婦としてお互いを愛せる人とが良い。緊張と重荷の中で誰かのためにする義務的な結婚ではなくて、他愛のない事で笑い合えるような人と、ずっと一緒にいるためにする結婚が良い。

今すぐ結婚したい、なんて気持ちはまったくないけれど、それを考えられるくらいに心に余裕が出来たのは良い事なのだろう。

「ただ、私は用事がある時以外は外出しないし、元皇太子妃なんて複雑な立場の人間だもの。良い出会いなんて相当難しいでしょうし、それに今はこの家の中の探索が楽しいから……」

話しながら視線を肖像画からアランさんのほうに動かすと、思いの外真剣に見つめられていて面食らってしまった。

不自然に言葉が切れてしまったが、彼は気にせずに私のほうをまっすぐに見つめてくる。

「アランさん？」

「……自分が相当呑気に考えていた事を思い知った」

「え」

「そうだな、悠長だったよ」

少し考えこんだ後に何やら納得した彼は、自分に語り掛けるように言葉を発している。

「あの……」

「この状況も楽しいとか、徐々に進んでいけば良いとか、伝える事で君に気遣わせたくないとか、すべて呑気に考え過ぎていた」

畳みかけるように発せられる彼の言葉の内容を把握する前に、彼のひんやりとした手が床に付いていたほうの私の手を包んだ。

同時にもう片方の手が私の頬を包み、強制的に彼と視線がぶつかる。

彼が私の瞳の中の花を確認する時と同じような体勢だが、視線の真剣さがいつもとは違う。

「俺は、君がどこにも行かないと思っていた。そんなはずはないのに、何年経とうが今のままこうして俺と二人で過ごしているのだろうと、勝手に思い込んでいた。君が誰かと結婚している未来なんてまったく想像していなかった……なあ、ヴェラ」

「は、はい……」

「絶対に幸せにすると誓うから、俺に君の夢を奪わせてくれ」

「……え？」

彼の言葉が上手く呑み込めず、頭の中がぐるぐると混乱する。
彼との距離は変わらず、自分の驚いた顔が彼の目に映っているのが見て取れるほどに近い。
「よく言っていただろう？　花屋になりたいとか、この家で穏やかに暮らしていきたいとか。そんな君の夢を、俺に奪わせてほしい」
その言葉の真意を聞く前に私の体は彼のほうに引き寄せられて、彼の肩に顔を埋める形で腕の中に収まった。背中に回された腕は添えている程度の力しか入っておらず、初めて彼が私に触れた日の力強さなんて微塵もないのに、私の体は硬直して動けないままだ。

「君の事が好きなんだ、一人の女性として愛している……君の未来を俺にくれないか？」

冗談を、なんて。
友として過ごしてきた時間の分、彼の事を知ってしまった今、そんな風に笑い飛ばす事なんて間違っても出来なかった。

何を言ったら良いのかがわからなくて、一瞬息は吸ったものの言葉は出てこない。顔は見えなくても、彼が真剣な表情をしている事くらいはわかる……わかってしまう。

予測なんて欠片も出来ていなかった、アランさんから好きだと言われる事なんて想像すらした事がない。けれど言われてしまえば、ここしばらく彼が私に触れる時の表情がありありと思い出されて、この告白の言葉が真実なのだと嫌でも実感してしまう。

言葉が見つからない私と、そんな私を黙って抱きしめるアランさんしかいない部屋。

静かな部屋の中で混乱する頭を抱え、ただ彼の腕の中でじっとしている事しか出来なかった。

第七章　今はまだ芽吹きの時を待つ

「……どうしたら、いいの？」

ベッドに倒れ込むように寝転がり、天井を見ながらぼんやりとした頭でそう呟く。

夕方、彼から告白された後に何を話したか覚えていない、もしかしたら何も話していないのかもしれない。

気付けば夜で、彼は城に帰っていて、私はぼんやりとした頭のまま体だけが普段の習慣をなぞるようにお風呂に入って寝る支度を整え、今こうしてベッドに横になっている。

「どうしたらいいのかしら」

再度呟いてみても、一人きりの部屋の中には聞いてくれる人などおらず、私の声は空気に溶けるように消えていくだけだ。

――君の事が好きなんだ、一人の女性として愛している。

「うう……」

気を抜くとすぐに先ほどのアランさんの事を思い出してしまう。

優しいけどしっかりとした声での『愛してる』の言葉とか、低い体温とか、大きな手とか。熱くなる頰がどうにもならなくて唸ってみるが、現状は何も変わらない。何故私はこんなに一人で照れ続けているのだろうか。ただ好きだと言われただけだ、ただ愛していると本気の声で言われただけだ。

だけ、というのもおかしな言いかただけれど。

「……あ」

そうか、と不意に気が付いた。

「私、男の人から好きだって言われたの、初めてなんだわ……」

おかしな話だ、仮にも元既婚者が愛を囁かれた事がないなんて。

じわじわと胸の奥が熱くなる。嬉しいような、少しだけ寂しいような不思議な気分で、目頭がじん、と熱くなった。

アランさんは好きだと思ってくれているのだ……私の事を。

誰かに好意を向けられるという事が、こんなに胸が温かくなる事だなんて初めて知った。

「きっと、相手がアランさんだから」

他の人からならたぶん、ここまで嬉しくはならないだろう、ここまで悩まないだろう。

おそらく告白されたその場で断っている、それだけはわかる。

「私、どうしたいのかしら？」

わからない、本当に。

告白の言葉も嬉しいと思う。アランさんの事も男性としてかどうかは別として、嫌いではない。むしろこんな悩み続けている状況でも会いたいとは思っている。もしも彼が明日来なかったらどうしようと不安にも思っている。でも……。

「わからない」

胸に手を当てて考えてみるが、どれだけ考えてもアランさんの告白に対して、自分がどう返したらいいのかがわからない。

そもそも彼はどうして私の事を好きだと思ってくれたのだろうか。

彼に対して特別な何かをした事はない。皇太子妃であった時よりもずっと私は自由に生きているので、カロル様のため国民のため、と尽くしていた時のようにアランさんを最優先にしていたというわけでもない。

ただ自然に、私がやりたいように穏やかな日常を過ごしていただけだ。

今までの彼の態度からしても、私が元々彼の好みだったとは考えにくいし、異性として好かれる理由がわからない。

「理由、アランさんが、私を好きになった理由……」

あった、一つだけ。彼が私を特別視する理由が。

寝転がったまま手を顔の前まで持ってきて、手の平を見つめてみる。

私は唯一、彼と触れ合える人間だ。

人との触れ合いを諦めたと言っていたアランさんが、心の中ではずっと触れ合いを求めていた事は一緒に過ごしていた間に痛いくらいに気付いてしまっている。

初めて出会った日に握手のために差し出した手も、手袋越しとはいえ触れられる事を彼が喜んでいると気付いたから、仲良くなって義務的な挨拶（あいさつ）がいらなくなった今でも、私は握手のための手を伸ばし続けているのだから。

「触れられるから、告白してきたの……？」

いや、その場合は正々堂々と触れられるから妻になってほしいと言うだろう。人を傷つけるような嘘（うそ）や騙（だま）す行為を嫌う人だ。

でも、彼は訳ありとはいえこの国の王族で……。

ベッドの上でごろんと転がって体勢を変える。仰向けで寝転がったまま天井をじっと見つめてみるが、何も視界に入れたくなくて自分の腕で目元を覆った。

「私だってずっと、それこそ子どもの頃から王家にいたのよ。王家のやりかたも価値観も身に染みているわ」

アランさんが私に触れられる事が誰かに知られてしまえば、強制的に彼に嫁がされるという事には早々に気付いていた。

血を繋（つな）ぐ事に重きを置く王族であるにもかかわらず彼に妻がいないのは、触れたら凍ってしまうという理由があるからでしかない。逆に考えれば、触れられる相手がいるのならば王家としては何が何でも妻にしたいと思うだろう。精霊の、それも高位精霊の加護持ちの王族の子どもなら、もしかしたら同じように高位精霊の加護を受けられるかもしれないと考えるからだ。

それがわかっていたから、今の穏やかな日々がなくなるのが……アランさんとの関係がぎこちなくなってしまうのが嫌だったから、あえて言葉にしなかっただけで。

この国の王家の方々は、国のためになるならば王族が多少の不利益を受けても構わない、という考えの人が多い。

たとえば、ありえない事だけれどカロル様と私が愛し合っていたとしても、エスタ様がカロル様との結婚を望んだとしたら私は今と同様に離婚されていただろう。

王様からの命令でもなく、周囲の圧力でもなく、カロル様の意思で。

あの興味がないという言葉と満面の笑みが、謝罪と悲しそうな笑顔に変わるだけだ。

もちろん別の道を探そうという王族のかたもいるのだろうが、国民を最優先にするという意識の強さに関してはカロル様とアランさんはよく似ている。

国民のためになるのだからこれくらいなんて事はないさ、と身を削ってでも皇太子としての役割を果たそうとするカロル様と、自分の加護に怯える兵士に気を遣って護衛すら付けず、国民の前にも出ずにひっそりと暮らしながら、それでも国のためにと働き続けているアランさん。

国のために自分の事を後回しにするところは、さすが兄弟と言いたくなるほどにそっくりだ。

そしてアランさんの立場を考えれば、結婚出来る相手がいるのなら手放したくはないはず。

「触れられる嬉しさと、王族としての責任が混ざっているの？」

そう呟いて、自己嫌悪で顔が歪んだ。

疑いたくない、今まで過ごしてきた日々で知ったアランさんの優しさや誠実さを。

けれど私はもう、触れる事が出来るという王家にとっては大きすぎる利点と、触れ合いを望んでいたアランさんの強い苦しみを知ってしまっている。そして幼い頃から嫌というほどに感じて、知ってしまった王家の人間の生きかたやりかたが、信じたい気持ちの邪魔をする。

好きという彼の言葉に嘘はないだろう、それは確実だ。彼はちゃんと私を好きだと思ってくれているはず。けれどそれは……。

「本当に？　心からなの？」

彼の言葉が本当だったとしても、それらの理由で彼が自分の気持ちを勘違いしているのではないか、と不安になる。

唯一触れられる相手が出来た喜びで恋愛感情と勘違いしているのかもしれない。王としての義務感も強い人だし、その辺りの感情も勘違いに拍車をかけているのかもしれない。

こんな考えはアランさんに対して失礼かもしれない、でも、でも……。

一度浮かんだ疑念は消えず、もやもやとした気持ちを持て余してぎゅっと目を閉じる。

「嫌よ、もう嫌」

もう二度と、王家の都合に振り回されたくはない。この穏やかな日々を失いたくない。

またごろごろと転がって、頭まで布団の中に潜り込む。

王家に嫁ぐと決められた時からずっと、私も王家の考えかたに倣って生きてきた。それが当然の事だと教えられてきたし、だからこそ人前に立つ事がどれだけ苦しくても逃げ出さなかったのだ。

けれど、その王家は私をいらないと言った。

王家としての責任、そして義務から一度解放されてしまった今、またあの重荷を背負う勇気は今の私にはない。

離婚という選択肢を簡単に選んでしまえる上辺だけの結婚なんて、自分ではなく誰かのためだけにする結婚なんて、もう二度とごめんだ。

「アランさんの事、疑いたくなんてないのに」

アランさん個人の事は信じられる、けれど王としてのアランさんを完全に信じきる事が出来ない。どうして私はこんなにうじうじと考えてしまうのだろう。自分でも嫌になる。

色々な事を考え続けた結果、私は朝まで一睡もする事が出来なかった。

気付けば外がだんだん明るくなってきて、睡眠不足の頭を抱えたまま、重い体でベッドから下りる。ずっと考えこんではいたが、答えを出そうとするたびに胸の中に何かが詰まっているような気がして思考は進まない。

一歩踏み出す事を躊躇しているというより、目の前に壁があって進めないような妙な感覚だ。

ぼんやりとしながらもアランさんの仕事道具や資料を整え、お茶菓子を作り、と体はいつものように動いていく。染みついた習慣って凄いな、なんてどこか他人事のように考えた。

どんどん時間は過ぎ、アランさんが来る時間が近づいてくる。

私はまだ、彼に返せる答えを見つけていないのに。

しかしいつもは玄関の外、もしくは玄関内で出迎えているのに、今日に限っていないとなるとアランさんが傷ついてしまうのではないだろうか。

告白を断られたと思われてしまわないだろうか。

そこまで考えて、ようやく気が付いた。

「私、断ったと思われたくないんだわ」

色々と考えてはいるが、今の迷いだらけの心境でも告白を断ったとは思われたくない。

ただ何度考えても彼が純粋に私を好きだと言ってくれる理由も思いつかず、私への好意は彼の勘違いではないかとも思ってしまう。

そして私自身の気持ちもわからない。

「……あれ、そういえば私、どんな顔でアランさんと会えばいいの？」

昨日の晩から悩み続けた事を押しやるように、彼の告白の言葉が頭の中に響く。

「好き、そうだ私、好きだって言われたんだわ」

無意識な思い込みがあるかも、なんて事は抜きにして、私は彼に告白されたのだ。

いつものように出迎えるのは気まずいな、なんて考えていたのは先ほどまでも同じだが、違う意味での気まずさに気付いてしまった。

「え、え……私、どうしたらいいの？」

緊張と同時に昨日の彼の告白の時の様子が頭の中にどんどん思い起こされ、顔に熱が集まってくる。

普通に笑顔で迎える？　いや、無理だ。

王家の仕事で失敗出来ないという緊迫感がある時は別として、この状態で顔に出さないように出来るほど私は器用じゃない。むしろ察しが良いアランさんにすぐに見抜かれるだろう。

でももうここまで迎えに来てしまったし、いまさら引っ込むのも何か違うし……。

そもそも彼は今日来てくれるのだろうか？

いや、仕事があるから来てはくれるだろうが、昨日の告白については触れてくるのだろうか？

いつもの冷静なアランさんの様子を思い浮かべ、そういえば昨日の告白の際もあまり慌てている様子はなかったな、なんて思う。

私だけが慌てている状態になりそうで恥ずかしい、でもどうする事も出来ない。

自分がどうしたいのか、どうしたらいいのかがわからず、熱い頬(ほお)と凄(すさ)まじい緊張で混乱が収まらない中、玄関の扉が開く音で一気に現実へと引き戻される。

何かを考える暇もなく咄嗟に顔を上げ、玄関から入ってきたアランさんを見つけた。

入ってきた瞬間は少し不安そうに見えたアランさんは、私の顔を見て少し安堵したような表情になり……すぐにぶわっと頬を赤く染めた。

「えっ」

「その、おはよう」

「お、おはよう。あの……」

「今日もよろしく頼む。また翻訳してほしい手紙がいくつかあるから」

「え、ええ」

少し上ずったような声でおはようと言われ、反射的に私もおはようと返す。

アランさんはまるでいつも通りだと言わんばかりに仕事について話しだしているが、口元を手で押さえているせいで声はくぐもっているし、顔は完全に横の壁のほうを向いていて耳まで真っ赤なのがまるわかりの状態だ。

ああ、なんだ。

「ふ、ふふっ」

思わず笑ってしまう。なんだ、彼も私と同じように緊張しているじゃないか。

普段から余裕があって落ち着いていて、何をするにもスムーズで、昨日の告白だってスラスラと言葉が出ていたアランさん。そんな彼ですら、こうして緊張して目も合わせられないなんて事があるのか。

「笑わないでくれ。仕方がないだろう……！」

「ご、ごめんなさい。でも、緊張していたのは私だけじゃないのね」

私の笑い声に反応してこちらを向いたアランさんの顔は、相変わらず赤いまま。親しくなってからは聞く事のなかった少し強めの口調。なのに迫力なんてまるでなくて、怖さなんて欠片もなくて、なんだか可愛らしいと思ってしまう。

「当たり前だろう。昨日はほぼ勢い任せだったんだ。それまではゆっくり関係を進めていけばいいと思っていたのに、君が突然結婚の話なんてするから焦って……このままでは俺の事を男として意識すらしてもらえないまま、君が他の誰かと結婚してしまう、と」

「私、まだ出会いすらないのよ？」

何だったら離婚後に出会って友人だと言えるほどに親しくなったのは、性別関係なくアランさんだけだ。兵士さんや町の人とは穏やかに付き合えているし立ち話もするけれど、仲が良いというよりは良好なお付き合いが出来る人達と言ったほうが近い。

「昨日の俺にそれを考える余裕はなかった。なぜもっと落ち着いて考えなかったのか、もっと他にやりようがあったはずだ、そんな事ばかり考えていたせいであまり眠れなかったしな」

彼の少しむすっとした表情にまた笑って、ようやく緊張が解けた。不思議だ、こんな状況なのに彼相手だと自然体でいられる。

「言っておくが、昨日の言葉に嘘はない。本気で君の事を好きだと、愛しいと思っている」

今度は私の顔が真っ赤に染まる番だった。せっかく落ち着いた熱がまた戻って来る。

ただ、先ほどまでの焦燥感のような緊張や疑いへの苦しさは消えたままだ。

赤い顔を隠すのは諦めたらしいアランさんが近づいてくる。手袋を取った手が私の頬に向けて伸びてくるのがわかったが、避ける気にはなれず、ひんやりとした感覚が頬を包んだ。

ヴェラ、と優しく名前を呼ばれて、彼の目をじっと見返した。

「返事を急かすつもりはない。気遣いも偽りもいらない。答えを出すのに時間が必要ならそれでいい。俺は君の本当の気持ちが知りたいんだ。だからこそ無理やり答えを出さないでほしい」

昨日のように私を覗き込む目は真剣で、また何と言ったらいいのかわからなくなる。

彼の事は嫌いではない、だからこそ信じられない自分が嫌で、そして苦しい。

「少しだけ、時間を貰っても良い？」

「ああ……一つ聞いても良いか？　異性云々は抜きにして、君は俺の事は嫌いだろうか？」

「まさか。もしも嫌いだったら、今日あなたが家に来なかったらどうしよう、なんて不安になる事はなかったわ」

「こうして俺に触れられて、不快ではないのか？」

「……ないわ」

良かった、と笑うアランさんの事を私はどう思っているのだろう？　心の中にあるよくわからないこの好きという感情は恋愛感情なのか、それとも友愛なのか。それを知りたいと思う。

壁を越えて、彼の告白を信じて、そうして自分の気持ちを知りたいと思う。

真剣な気持ちを貰ったから、私も心からの気持ちで返したいのだ。

こんな何かが引っかかったような中途半端な気持ちで、彼の真意を疑っている状態で、あいまいな気持ちを返したくない。

二度と後悔なんてしたくない、ちゃんと大好きな人に大好きと言える恋がしたい。

安堵(あんど)した私を見てようやく調子を取り戻したらしいアランさんの表情が、いつもの落ち着いた笑みに変わる。

「俺もせいぜい、君に振り向いてもらえるように口説く事にするさ」

「…………え？」

たっぷり間を開けて何とか声を絞り出した私を見て、さらにアランさんが笑う。

それは初めて見るような幼い笑顔で、目に入った瞬間心臓が大きくどくりと跳ねた。

この先、日々の中で口説かれるという事が確定して引きつった自分の表情とは対照的な笑顔だ。けれどまずいなと思う自分の中に嫌悪感はない。

「……仕事の前にお茶にする？　今日は朝から雪が降っていたから、先に温まったほうが良いでしょうし」

「ああ、頼む」

昨日の夜から感じ続けていた不安や緊張はもうない。それは彼が私と同じように照れて、緊張していたところを見せてくれたからだろう。もしもアランさんが冷静なままだったら、もしも返事を急かされていたとしたら、私はきっとこんな風に落ち着いて考えられなかった。

むしろ彼の告白への疑いをさらに強めていたかもしれない。

せっかく待ってくれると彼が言っているのだから、ちゃんと考えなくては……彼に口説かれながら冷静に考えられるのかは別として。

アランさんも勢い任せで告白したと言っている事だし、数日経って落ち着けばまた何かしら変わるかもしれない。落ち着きたいのは彼も同じはずだ。

少しのぎこちなさを含みながらも二人で仕事部屋へ行き、部屋の暖炉の様子を見てからお茶を取りに行く事にした。仕事の用意を始めたアランさんに一言断って、廊下に出て仕事部屋の扉を閉める。

朝と同じように一人きりの廊下だが、先ほどとは比べ物にならない程に落ち着いてはいる。

「……信じたいの、信じさせて」

扉の向こうの彼に聞こえないように、小さくそう呟く。今の状態で私が無理やり答えを出したとしても、彼も私も不幸になるだけだ。

だから信じさせてほしい、私も疑ってしまう弱い自分を変えられるように頑張るから。

「変わらなきゃ。もっとちゃんと、前を向けるように」

どうしても下を向いてしまう私を、うじうじと考え込んでしまう私を、彼は好きだと言ってくれたのだ。

そんなアランさんの事を、自分の弱さで疑い続けたくなんてない。

彼の事を男の人として好きかと聞かれたらまだよくわからないけれど、それでもいつか答えを出した時に、目を逸らしたままでいたくない。

アランさんの事をまっすぐに見て、私の気持ちを伝えられるようにならなければ。

「頑張ろう」

よし、と心の中で気合を入れて、お茶を淹れるために歩き出す。

まずはいつも通り、彼に温まってもらうために美味しい紅茶を淹れてこよう。

二人きりのお茶会は、彼の事をゆっくりと理解出来る時間でもあるのだから。

エピローグ

アランさんに想いを告げられてから数日が経ったが、仕事中は至って平和に過ごしている。

お互いぎこちなくなって仕事に影響が出るなんて事はまったくなく、普通に仕事をこなす日々だ。

むしろ何というか、お互いに少し開き直った気がする。

今まで以上に気軽に話すようになって、冗談交じりの会話をするようになって、声に出して笑い合う事が増えた。

……休憩時間や休日には照れてしまうような出来事が多々起こるけれど。

アランさんは強引に私に触れてくるような事はない。触れかたは今まで通りで、手を握られたり髪に触れられたり、と告白されていなければ他意があるとはわからない触れかただ。

だがそれは、好きだと言われても触れかたが変わらないのは、つまり彼が以前言っていた通り今まで触れていた間も私の事を好きだと思っていた、という事で。

それに気付いてしまった日は、今までにないほどに照れてしまって大変だった。

「ヴェラ、君宛てに手紙の返事が来たぞ」

「ありがとう」

アランさんから手渡された数通の手紙には、他国の王妃様や皇太子妃様の名前が書いてある。以前手紙で個人的に連絡を取りたいと言って下さった方々からだ。

嬉しくて、笑顔のまま手紙を見つめる。

「……良かったな」

「ありがとう。アランさんが間に入ってくれたおかげで、また彼女達と交流出来るわ」

新しい友人。彼女達と地位の差があるのは少し気にかかるけれど、それを気にしていてはアランさんとも友達でいられなくなってしまう。

「最初に君と友人になったのが俺で良かったよ。君が俺でない相手と最初に友人関係を築いていたら、今頃嫉妬する羽目になっていたからな」

「……アランさん」

呆れ交じりの声で名前を呼んだ私を見て、アランさんがおかしそうに笑う。今の言葉、冗談が混じっていたものの八割がた本気だった。

意外と嫉妬深いとか、独占欲が強いとか、からかうように口説いてくるくせに時折照れて真っ赤になるとか、こうして楽しそうに笑うと一気に幼く見えるとか。

告白されてからというもの、こういう彼の新しい一面を知る事が増えた。

そして私はそれを嬉しいと思っている、照れて真っ赤になる回数は確実の私のほうが上だ。

「地位の差が気になるなら、俺に嫁いでくれれば問題解決なんだがな」

「そ、それはちょっと、まだ……」

私の悩みもお見通しだったらしいアランさんだが、返せる言葉を私はまだ持っていない。口を濁す私を見ても彼は笑顔のままだったが、少し経って何か考え始めた。

「君は、もう少し主張しても良いと思うぞ」

「え？」

「考えている事も自分がこなした仕事についても、もっと主張して堂々としていて良いと思う。君の気遣いは自然過ぎて、なくなった時にそういえばと気付くような事が多い。俺はこの家での宝探しと同じような感覚で、君の気遣いを見つけてはさらに君を好きになる、という事を楽しんでいるが……このまま長年一緒にいたら、自分の周りが整えられている事に慣れ過ぎて気付くのが難しくなりそうだ」

「そ、そう言われても」

「まあ、君は何かをやってあげるから感謝しろ、なんて意識ではやっていないからな」

苦笑したアランさんが、私の顔を覗き込んで笑う。

「君が色々と話してくれたほうが、俺としても君を口説き落とすためにどう動いたらいいかわかりやすくなって助かる。それと、君が俺に嫁いでくれても仕事は今とほとんど変わらないぞ。本来なら王妃の立場の人間に頼む仕事の一部を今俺は君に任せている状況だし、元々直接会っての外交自体が珍しい国だ。俺は精霊の加護がある限り他国の祭典にすら顔は出せない。

自国でも問題なのにそれこそ他国で万が一のことがあっては困るからな。君が俺の妻になったとしてもそれは変わらない。俺が触れられる唯一の人間である君を一人で外交の場に送り出すなど国としても絶対に出来ない。だから安心して俺に嫁いでくれていいぞ」

含みのある笑顔を向けてくるアランさんに、自分の顔が引きつったのがわかる。口説き交じりの真剣な話題に私はどんな表情でいればいいのだろうか。照れればいいのか真剣な顔で聞けばいいのかわからない話しかたはやめてほしい。

むずむずとしたよくわからない気持ちが湧き上がる。嫌な気分ではない。むしろこれは……。

「舞い始めたな」

「え？　ああ、また？」

アランさんがまっすぐに私の目を見つめてくる。どうやらまた私の瞳の中では花が舞っているようだ。

アランさんに告白された時も、次の日玄関で話していた時も舞い続けていたらしい。

最初は不安だったが、目に違和感があるわけでもない上に嫌な感じもしないので、なんだか慣れてしまった。不安がまったくないわけではないが。

ただ、彼が花を見つけるたびに眩しそうに、そして優しい表情で目を細めるので、不安がどんどん小さくなっていっただけだ。

「午後は片付けか。今日こそ研究の手掛かりくらいは出てくると良いんだが。何が出てくるのかも楽しみではあるんだがな」

「この間出てきた、よくわからないボードゲームの説明書も出てこないかしら」

「同じ場所に入っていた駒の数が足りているのかさえわからないからな、遊ぶ事も出来ん。ついでにあのカードの説明書も欲しいところだ」

時間は穏やかに過ぎていく。こんな風にわくわくする日々がずっと続けばいい。そのためにも、どうかこの目の中の花の正体が良いものでありますように、と願わずにはいられない。

アランさんの告白については前向きに考えられても、瞳の中の花については不安なままだ。

順調に仕事を進め、昼食後の休憩を取って訪れた午後の時間。

今日は曾祖父がよく使っていた部屋の一つを片付けていたのだが、棚と棚の間に梯子を、そして部屋の奥の棚を動かした後の天井に屋根裏部屋に続く入り口を発見した。

「これは、少し期待してしまうな」

「入り口も梯子も隠されていたものね」

この家を片付けて住もうと思わない限り、この入り口と梯子は見つからないだろう。二人揃って何かに期待してしまっている。

「え……」

わくわくしながら梯子を上がった先の屋根裏部屋には……見事に何もなかった。

「何も、ないな」

今まで新しい部屋を開けた時は散らかり具合に苦笑していたが、これは初めての事だった。屋根裏なので少し低い天井と狭めの空間。そんな部屋の中を見まわしても、物で溢れかえっていた他の部屋と比べると気持ちが悪いくらいに何もない。家具すらなく、床と壁と小さな明かり取りの窓があるだけだ。

その綺麗さが逆に不自然で、本当に何もないがらんどうの部屋に不気味さすら感じる。

どこか緊張した感覚で足を踏み入れ、二人で奥まで移動してみたがやはり何もない。

「本当に何もないな」

何もなさ過ぎて周囲を見回しても何の意味もない。他の部屋にあった仕掛け付きの絵画や本もなく、本当に壁と床だけの部屋だ。予想が外れたなあ、なんて少しがっかりしながらもう一度辺りを見回して、強烈な違和感を覚えた。

ぞわっ、と背すじが寒くなる。

「……蜘蛛の巣が、張っていないわ」

掃除の際には結構困らされた埃だらけの蜘蛛の巣。それがこの部屋には一切ない。

放置されていた期間は他の部屋と同じ。窓もあるし、私達が入ってきた扉も小さな虫ならば問題なく入れるだろう。全体が綺麗すぎて、あまりにも不自然な状況だ。

「そういえば、埃もないな」

膝をついたアランさんが床を手でなぞってみるが、他の部屋では真っ黒になっていた手袋の先には一切の変化はなく、何も付いていていない。

「少し調べてみるか」

「ええ」

落ち着かない空気を感じて、何もない室内をアランさんと二人で歩き回る。とはいえ狭い部屋だ、あっという間に全体を見て終わってしまった。

何もない、けれどただの部屋でしかないここが妙に気になる。

ふとアランさんのほうを見ると、彼が何度か窓のほうに視線を向けている事に気が付いた。

「どうかした？」

「何がだ？」

「窓のほうをよく見ているみたいだったから、何かあったのかと思って」

「いや……なんだろうな」

そう言いながら窓近くの壁のほうに進むアランさんと並んで、私も壁のほうに移動してみる。何の変哲もない壁に見えるけれど、言われてみれば確かに私も気になる箇所があった。

「なにかしら？　この辺りに少し違和感というか、何だか目が吸い寄せられる気がする」

「俺は、この辺りから君に似た空気を感じる」

「え？」

壁を撫でながら話しているアランさんは自分でもよくわかっていないようだが、壁と似ていると言われた私はどうしたらいいのだろうか。

「君が壁に似ているという意味ではないぞ。何というか、君の傍（そば）にいると感じる暖かい雰囲気をここからも感じるんだ。春の陽気のような心地良い空気を」

「あ、ありがとう……？」

なんだかよくわからなくてなぜかお礼を言ってしまったが、褒められてはいるのだろう。

何だろうな、と言いながらアランさんがその壁を軽く押した。

ガコ、と鈍い音が部屋に響く。

……壁がへこんでいる。

アランさんが手を置いた周囲の壁は彼の手を囲むように真四角にへこんでおり、思わず彼と顔を見合わせた。

壁にはへこんだ事で取っ手のようなものが現れており、これが隠し扉であった事がわかる。

アランさんがどこか緊張した様子で取っ手を持って引っ張ると、中にはかなり大きな仕掛け箱が一つ入っているだけだった。

「これは、開けるにしても二人掛かりでないと難しい大きさだな」

「そもそもこんなに大きな箱は初めて見たわ」

二人で協力して壁の中の箱を取り出してみると、箱の下に手紙が落ちているのを見つけた。

ヴェラへ、と曾祖父（そうそふ）の字で書かれた手紙。何かが変わる予感で心臓の鼓動が速くなる。

「手紙か？」

「曾お爺様（ひいじいさま）の字だわ。でもどうして私宛ての手紙を壁の中に……？」

「今回は探し物をしていたから偶然見つけられたが、普通ならこの部屋を見つけても壁の中に手紙があるなんてわからないぞ」

「……本当に偶然なのかしら」

　手の中にある封筒はそれなりに厚さがある。曾祖父（そうそふ）はこの屋敷内に色々と隠したり謎解きを配置したりもしているけれど、ここまで長い内容になる重要そうな手紙をあえて隠している意味がわからない。

　そもそもアランさんの言う通り、受け取る相手である私が見つけられない可能性が高いのに。

　もしかしたら、と期待が膨らみだす。精霊の事はわからなくても、私の身に起きている何かについて書いてあったりしないだろうか？

「その手紙はまず君が読んでみると良い。もしも精霊の事が書いてあったら教えてくれ。もちろん君が俺に話しても良いと思ったらで良い。俺はこの箱が開かないか試してみる」

「ええ、ありがとう」

　アランさんの言葉に甘える事にして、どきどきしながらゆっくりと手紙を開く。重要な事が書いてなくとも、何かの手掛かりになれば嬉（うれ）しい。

　色々な角度から箱を覗（のぞ）き込みながら難しい顔をしているアランさんを横目に、一枚目の手紙を開く……アランさんの引きつった表情を見るに、しばらく箱は開きそうにない。

これなら手紙に集中しても大丈夫だろうと便箋に視線を落とすと、見覚えのある曾祖父の字が並んでいる。自由な性格が文字にも出ているのか、豪快な印象を受ける文字にくすりと笑みが零れた。

『ヴェラ、手紙を見つけたんだな。今お前は幸せだろうか？』

そんな文章から始まる〝家族〟からの温かい手紙だ。

『悩みはあっても幸せである事を祈っているよ。大丈夫、お前の悩みの一つはこの手紙を読めば解決する。何故悩みがあるとわかっているのか不思議かい？　お前がある悩みを抱えていなければ、この手紙を見つける事は出来ないようにしてあるんだ』

やはりこの手紙を見つけたのは偶然ではなかったのだ。曾祖父は私が知らない私の何かを知っている、そしていつかその事で私が悩むと知っていたのだ。

『この手紙は私に加護を与えてくれた精霊に頼んで隠してもらった。見つける条件はお前が自分の力に気付き困っている事。ただし見つけられるのはお前本人か、お前の事を心から大切に思っている人間のどちらかだ。お前でない人間が見つけてくれたのならば、その人を大切にするといい。お前を大切に思う気持ちが強ければ強いほど、手紙は見つけやすくなるのだから』

「え……」

私の事を心から大切に思ってくれている人？

それは、そうだとしたら、この手紙の隠し場所を先に見つけたのは……。

「どうかしたか？」

「えっ！　い、いいえ、大丈夫！」

私が疑問の声を上げたからか、箱と格闘中だったアランさんがこちらを見て問いかけてくる。どうしよう、非常に照れくさくて恥ずかしい。返事の声が不自然に裏返ってしまった。

アランさんの顔を直視出来ず、必死に赤くなる顔を見せないように手紙に視線を落とす。

「その、この手紙、曾お爺様が精霊に頼んで隠してもらったみたいで」

「君の曾祖父殿は精霊と交流出来ていたという事か？　そんな話は聞いた事がないが」

「私も精霊と話せるなんて聞いた事がないけれど……もう少し読んでみるわ」

「ああ」

相変わらず仕掛け箱を見て難しい顔をしているアランさんを横目に、手紙の続きを読み始める。先ほどよりも体温が上がった気がするのは気のせいではないだろう。彼と過ごしていると照れる事が多すぎて、そのうち熱が出そうだ。アランさんに告白の返事をする前に、どきどきし続けている心臓が止まらない事を祈っておこう。

手紙の続きには曾祖父と精霊の交流について記載されていた。

曾祖父が精霊の加護を貰ってしばらく経った頃、なんとなく精霊に話しかけるつもりで空中に向かって話す事が増えた事。

もちろん返事などなく、曾祖父自身も期待などしていなかったが、ある日突然精霊が目の前に現れた事。

精霊曰く今まで話しかけてきた人間は少なく、返事をするかどうかも精霊の気分次第な事もあって、直接精霊と会ったのは曾祖父が初めてだという事。

一度話してからも何度も呼びかけ続け、返事があった時には色々な話を聞いた事。

……私達にとって、精霊は神聖な存在だ。感謝の祈りを捧げる人間はいても、話しかける人間は少ない。話しかけた上に返事までもらっている曾祖父の凄さに驚きつつ、あの好奇心の強い曾祖父ならばありえそうだと少し笑ってしまった。

『私の精霊は自分と話せる事は秘密にしてほしいと言ったから、この事を知っているのは私と妻だけだ。精霊と話して知った事は同じ場所に隠しておくから、知りたければそちらを読むと良い。私の持つ仕掛け箱の中でも相当難解な箱を開けてでも読みたいなら、だがな』

「……ひ、曾お爺様ったら」

思わず引きつった笑いが零れる。楽しそうに笑う曾お爺様の顔が頭の中に思い浮かんだ。

そういえば宝探しゲームを持ち掛けてきた時も、私が難しさに悩んでいるとよく楽しそうに笑っていた。そして私が見つけるか諦めるまで優しく見守ってくれるのだ。

『精霊は人間に利用出来るような存在ではないから王家に話しても問題ないが、今は特に話す必要性も感じないし、妙な事を考える輩が出ないとも限らないから、調べた事に関しては黙っておく。お前や共に箱を開けた相手が誰かに話してもいいと思うか、話さなければならない状況だと判断したのならば、話すといい。さて、ここからが本題だ』

本題……緩んでいた頬がその文字を見て強張っていく。そうだ、私が一番知りたいのは私自身にあるこの謎の力についてだ。

『ヴェラ、お前は精霊の加護を受けている』

その文章を読んで、やっぱりという気持ちと、なぜ調査結果に出ないのかという疑問が同時に湧き上がる。夢で加護について告げられてもいないし、私に加護があるのならば、カロル様と結婚していた間は国が豊かだったはずだ。今の国に曾祖父がいた頃の豊かさはない、だからこそカロル様は必死に立て直そうとしていたのだから。

ただ、私の身に起こる不思議な現象の正体が得体の知れない力ではないとわかって、少しだけ安心する事は出来た。

『お前が生まれた日、私の精霊も興味を持って、私と共に生まれたばかりのお前の様子を見に来ていた。そしてその時、同じ春の精霊が一人付いて来ていたらしい。その精霊がお前の事を気に入って、加護を与えたのだ』

周囲を見回してみるが、もちろんそこには精霊はおらず、仕掛け箱が開かずに唸るアランさんがいるだけだ……ものすごく苦戦している、私が見ている事にも気づいていないほどに。手紙に書いてある難解な仕掛け箱という言葉は、どうやら本当だったらしい。

彼の様子に苦笑しつつ、また手紙に視線を戻す。夢中で読み進めた手紙はそろそろ三枚目が終わりそうで、残りの数枚ですべてが判明するとは到底思えない。

知りたい事が多すぎる。この手紙を読み終えた時、私の疑問は解消されるのだろうか？

『ヴェラ、きっと今のお前には知りたい事や疑問が山のようにあるだろう。この名前を呼んでみるといい。そうすればお前の疑問はすべて解決する』

三枚目の便箋はその文章で最後だった。

不思議に思いながら三枚目の便箋を捲り、四枚目の便箋を見てみる。びっしりと文字が書かれたこれまでの便箋とは違い、四枚目の手紙は紙の中央に短い文字が書いてあるだけだ。

これが名前だろうか、なんて疑問に思った時には、すでに私の口はそうするのが当然のようにその文字を読み上げていた。

「フリューリン」

ぷつ、と目の前が真っ暗になった。

「う……」

花の良い香りを感じてゆっくりと目を開ける。

どうやら倒れていたようだ。数回瞬きをして、体を起こして周囲を見回す。

「え……？」

目の前には遥か遠くまで、どこまでも広がっている花畑があった。

雪に囲まれたあの屋敷の面影は欠片もない、そもそも屋外だ。

混乱しながらも現状を把握しようと、座り込んだまま周囲を観察する。

桃色の花が咲き乱れる木々、様々な色の花々に囲まれた泉。

どうやら私はその泉の中央にある花畑にいるようだ。五、六人乗ったら一人が落ちてしまいそうなほどに小さな、島というよりは切り取られた花畑が浮いているような場所。

そこに敷かれた布の上で倒れていたようだが、この布も上に載っているのが申し訳ないと感じるくらいには柔らかく美しい。

そよ風が微かに木々の葉を動かす音、遠くから聞こえる鳥の声、水の揺れる音。

木々の隙間から差し込む光が至る所に木漏れ日を作り、優しい陽だまりに包まれて、全身がぽかぽかと暖かい。

淡い桃色の花びらを中心に、優しい色合いの様々な花びらが風に乗って目の前を舞っていく。

「綺麗……」

そんな場合ではないのに、そう呟かずにはいられない。

全部全部、綺麗で暖かくて、とても落ち着く場所だ。

しばらくぼんやりと周囲を見渡して、ようやく頭が回り始める。混乱はしているが、不思議と慌ててはいない。

むしろどうしてだろう？　ひどく安心して、穏やかな気持ちになっている自分がいた。

知らない場所なのに知っている、私はここを知っている。

「……アランさん」

そうだ、私は見つけた手紙を読んで、そしてその手紙に書かれた名前を呼んで……気絶した？　意識が途切れた感覚と、あの名前を呼んだ時の妙な感覚は覚えている。

名前、そうだ。手紙に書かれていた名前は確か……。

「フリューリン？」

不思議な感覚を覚えながらそう声に出した時だった。

「呼んだか？」

高いような低いような、穏やかで落ち着く不思議な声が背後から聞こえて、慌てて振り返る。

いつの間にそこにいたのだろう？

私から少し離れた所、私が座り込む布に同じように座り込んでいる一人の男性は、立てた片膝に肘を載せる形で頬杖をついて、私を見て優しく笑っている。

彼が手を伸ばせば私にぎりぎり届く距離。まるで二人でピクニックでもしているかのようだ。私と同じ薄い桃色の長い髪は、毛先に近づくにつれて色味が濃くなっており、地面に流れるように広がっている。

優しく細められた垂れた目も私と同じ空色で、瞳の中に桃色の花が舞っていた。

アランさんが私の瞳の中に見ていた花は、きっとこの人の瞳の中で舞っているものと同じだ。髪や体に絡まるように巻き付く蔦やそこに咲く花。尖った耳、白い肌、額に埋まっている髪と同じ桃色のクリスタル。

周囲にはたくさんの花々が漂っていて、風が吹いていても彼から離れて行く様子はない。見た目からして人間でないのはわかる、わかるけれど……ここに来た時と同じくらい、この人を見て安心している自分に戸惑ってしまう。

「フリューリン、さん？」

「ん？　ずいぶん他人行儀だな。フリューとでも呼べ」

「……フリュー？」

「ああ、それでいい」

嬉しそうに笑うフリュー。

人を呼び捨てにするのは苦手なはずなのに、どうして私はこんなにすんなりと名前を呼べるのだろう？

それも初対面の、人ではないと一目でわかるような存在を相手に。
そして私は、男性のような見た目をしている彼をまったく異性として認識していない。
彼は私の困惑を感じ取っているようで、けれど気にもしていないようだ。
ただただ、私を見て穏やかに笑っている。
「久しいな、ヴェラ。こうして会えて嬉しい」
笑う彼を見ても警戒心など一切湧いてこない。
彼はずっと、本当に長い間ずっと、私の傍にいたのだと全身の感覚が訴えてくる。
ここはいったいどこで、彼は誰なのだろう？
どうして私は、まるで家に帰って来た時のような安心感を覚えているのだろうか？

特別編

「ヴェラ、少し出かけないか？」

アランさんがそんな風に持ち掛けてきたのは、彼に告白されてから数日後の事だった。

ここに来た時の彼は基本的には家の中にいたいと思っているようだし、出たとしても中庭でお茶会をする時くらいだ。外に出てしまえばこの家の最大の利点である暖かさを感じる事は出来ないので、それは当たり前だろう。

そんな彼から外出に誘われたのは、本当に意外だった。

何か用事があるのか、それとも急遽(きゅうきょ)買わなければならない物でも出来たのだろうか？

「町へ行くの？　もし緊急で必要な物があるのならば買って来るけれど」

「いや、そういうわけでは……」

なら行き先はお城だろうか？　忘れ物でもしたのかもしれない。

私の顔を見ていたアランさんは、少し不思議そうにした後に何かに気付いたらしく顔を引きつらせた。視線を彷徨(さまよ)わせて言葉を探していた彼は、すぐに私に向き直って口を開く。

「ヴェラ、俺は君をデートに誘ったつもりだったんだが」

「え……っ！」

頭が仕事のほうに向いていた私は、一瞬その意味が理解出来なかった。しかし理解してしまえば、彼の言葉を意識せざるを得ない。

デート？　と真っ赤になった私を見て、アランさんは満足げに笑うばかりだ。

「君を口説くと言っただろう？　せっかくなら君と二人で出かけてみたいと思ったんだ。町に連れて行ってやれないのは申し訳ないが」

「い、いいえ、私も人通りが多い所に行くのは苦手だからそれは別に良いのだけれど」

しどろもどろになりながらもそう返事をすると、アランさんはホッとしたようだった。

彼の事情を知っているのに町へ連れて行ってほしいなどと言えるわけもないし、思ってもいない。だからこそ必要な物があるのならば代わりに買ってくるつもりだったのだから。

そもそも私だって買い物や花屋の仕事以外で町に行く事はほとんどない。

デート、彼と二人で出かける？　いや、二人きりなのは今も変わらないが……やめよう、これ以上考えたら家でもずっと彼を意識する事になってしまう。

「ええと、どこに？」

「この家の近くに小さな森があるだろう？　あの森の中には細い小道があるんだ。君さえ良ければ少し散歩でもしないかと思ってな」

そう話す彼の手には、いつの間にか二人分の雪除けのマントが握られている。既に行く気満々のようだ。楽しそうな表情がまるで旅行前の子どものようで、笑ってしまった。

「あの森の事、少し気になっていたの。一人で探検するのはちょっとまずいかなって思っていたから、行った事はないのだけど」

「中は暗いからな。人通りもないし動物もいるから、一人で歩く時は気をつけたほうが良い」

「なら、案内をお願いしても良い？」

「もちろんだ」

嬉しそうな彼にマントを手渡され、それを肩に掛けながら家を出る。幸い雪は止んでいるようだが、数時間後には降り出してもおかしくはなさそうな空模様だった。

「長居は出来んな。俺が馬に乗れれば良かったのだが。そうしたら君と遠出が出来たのに」

「……私、ゆっくり歩くのも好きよ」

「それなら良かった」

アランさんも乗馬自体は出来るのだろう。凍らせないために動物に触れないようにしているだけだ。彼が乗れないだけならば私が馬を走らせる事も出来るのだが、アランさんは馬自体に触れられないのでそれも出来ない。

ゆっくり散歩するのも好きなので、私は歩きでも嬉しいけれど。

彼と並んで雪を踏み締めながら歩を進める。目的地の森は前の道を通り過ぎるだけだったので、中に続く小道があるとは知らなかった。彼の案内通りに進んでいくと、森の裏手の目立たない所に細い道があり、中へと続いている。

ここを一人で進むのは勇気が要りそうなので、誘ってもらえて良かったかもしれない。

アランさんはデートだと言ったが、会話は特に普段と変わる事なく、いつもの世間話だ。

「そうだ、肩から掛けられるブランケットが昨日出来上がったの。帰ったら渡すわね」

「ありがとう、これで城でももっと暖かい状態で過ごせる。今凍らせたい花はあるのか？」

「どうしようかしら？　まだ花束を作ってないから、後ででもいい？」

「ああ。完成したら持って来てくれ」

最初に手作りのひざ掛けを渡した日以来、今も続く贈り合いという名の物々交換。一つ渡したら一つ貰う、なんて状況はいつの間にか終わり、最近ではお互い好きな時に渡して好きな時に貰って、とマイペースに続けている。おかげさまで色々な種類の氷の花を見る事が出来ているし、彼も寒さを感じる部分が減ってきたそうだ。

会話のたびに息は白くなるが、気温はそこまで低くないので刺すような冷たさは感じない。いつもよりのんびりとした会話は途切れる事なく、雪で静まりかえった森に響いていた。

アランさんは外という事もあって手袋を取らないので、家の中のように突然手を繋がれたり触れて来たりする事はない。二人の距離もいつもより遠く、どちらかが手を伸ばさない限りは触れる事はないだろう。

石畳で出来た小道は森を一周出来る造りになっているようだ。

がさっ、と音がして、草むらから真っ白なウサギが道に飛び出してきたのは、森を半周して家に向かい始めたあたりだった。

警戒する事なく近寄って来たウサギは私が撫でても逃げる事はなく、おとなしくしている。

「可愛い……」

「ずいぶん懐っこいウサギだな。誰か餌でもやったのか？」

「こんな外れた場所にある森まで餌をあげに来る人がいるとは思えないけど」

「それはそうだが、野生のウサギがここまでリラックスするか？」

ウサギは私が撫でまわしても逃げないどころか、ぷうぷうと鳴きながらべったりと雪の上に横になった。平べったくなってしまった体をこしょこしょとくすぐるように触って、ふわふわの毛の感触を満喫する。

撫で始めてから少し経つとウサギはゆっくりと起き上がり、森の奥へと去っていった。

「私、昔からこういう事があるのよね。懐くというよりは警戒されないというか、舐めてかかられているのかもしれないわ」

「……人間だけでなく動物まで君の傍では気が抜けるのか」

ウサギに触れる事なく一歩離れて私たちを見守っていたアランさんは苦笑していたが、動物の考えは私にはわからない。リラックスしてもらえるのならば別に良いのだけれど。

ウサギを見送るアランさんの瞳は優しくて、動物が好きなのだとわかる。

加護についてもっと色々な事がわかったら、彼と一緒にウサギを撫でられる日が来るのだろうか？　どこか寂しそうなアランさんの表情を見て、そんな事を思う。

「そろそろ帰るか……っと、少し待ってくれ」

ウサギを撫でるためにしゃがんでいた体勢から立ち上がると、少し慌てた様子のアランさんに止められる。どうやら近くの木に手袋が引っかかってしまったらしく、少しずれてしまったようだ。一度完全に手袋を取った彼は木に引っかかった部分を入念に確認している。

確認が終わればすぐに手袋を着けるのだろう。彼は私の家の中以外では手袋を外さない。家の中でも私に触れる時以外は付けたままだ。

「…………」

寂しそうな顔でウサギを見送っていたアランさんの表情を思い出して、こっそりと息を吐きだして自分の手袋を外す。

勇気を振り絞って、そっと彼の手を摑んだ。

「っ、ヴェラ？」

驚いた様子で勢いよく私の顔を見たアランさんに向かって笑いかけ、その手を引いて歩き出す。外という事もあって、彼の手はいつもよりもずっと冷たい。まるで雪を握ったみたいだ。

「今から帰れば、雪が降るまでに家に着きそうね」

「あ、ああ……」

いつも素手で触れてくるのはアランさんからで、私から彼の素手に触れたのは初めてだ。

もちろん私から手を繋ぐのも初めてで、顔が赤くならないように必死に会話を続ける。

手を繋ごうと決意するまでの一瞬の間に、色々な事が頭をよぎった。

外で手を繋いでいる所を誰かに見られたら、私がアランさんに触れられても凍らない事が知られてしまうとか、まだ彼に告白の返事も出来ていないのに期待させるような事をしてしまってもいいのだろうか、とか。

でも、寂しそうなアランさんを放置して、来た時と同じように距離を開けて帰るのはなんだか嫌で。

(勇気を出すって、強くなるって決めたんだもの)

ちらりと隣に並んだ彼を見ると、本当に嬉しそうに、幸せそうに笑っていて、自分の選択が間違っていなかった事がわかる。

「家に戻ったら、中庭で雪ウサギでも作らない？　花じゃなくて、そっちを凍らせてほしいかも。そうしたらしばらくの間は解けずに残っているでしょう？」

「ああ。それも良いな。しかし雪を凍らせようと思った事がないから、どうなるのかは俺にもわからないぞ」

「その時はもう、自然に任せるしかないわね」

「解けたらまた作り直すか。君となら雪で何か作るのも楽しそうだ」

繋いでいた彼の手に私の手から体温が移って、少しだけ温かくなってきた。

手を繋いでいるので私たちの距離も近い。

知りたい、彼の事をもっと。自分の気持ちを知るために、弱い自分を変えるために。

繋いだ手に少しだけ力を込める。

少し驚いた彼が、また嬉しそうに私に向かって笑いかけてくる。

強くなるから、ちゃんと自分の気持ちを見つけるから、どうかもう少しだけ待っていて。

その間にもっと、あなたの事を教えてほしい。

「アランさんは、動物なら何が好き？」

「そうだな……犬や馬が好きかもしれない。子どもの頃は乗馬が好きだったし、城に迷いこんできた犬をこっそり飼っていた事もある」

「気づかれなかったの？」

「いや、すぐに知られてしまった。両親は飼っても良いとは言ってくれたんだが、実は犬は迷っていただけで、一か月ほど経って飼い主が見つかって帰ってしまったんだ」

「それは、残念だったわね」

「だが、一か月とはいえ楽しかった事に変わりはない。今では良い思い出だ。君はどうなんだ？」

「そうね……幼い頃は曾お爺様に犬が欲しいって言った事もあったし、アランさんと同じように乗馬も好きよ。勉強の中で一番乗馬の時間が好きだったもの。さっきのあの真っ白なウサギも可愛かったし、動物はほとんど好きだと思うわ」

「そういえば、よく窓辺に飛んでくる鳥にも話しかけているな」

「えっ、見てたの？」

「ああ。君も楽しそうだったし、俺も笑顔で鳥を見つめる君を見るのが好きだったから声はかけなかったが」

「……そこは声をかけて欲しかったわ」

完全に一人のつもりで話しかけていたのに、それを見守られていたとは。

かなり恥ずかしい、次から気をつけよう。

くすくすと笑うアランさんと、恥ずかしさで居た堪れない私。

来た時よりもゆっくりと歩いていたのだが、雪がちらつき始めた頃に家の前まで戻って来る事が出来た。

一度手を離して門を開け、家の中に入って雪除けのマントを外す。

「本降りになる前に帰って来られて良かったわ」

「俺はもう少し、君と手を繋(つな)いで歩いていたかったがな」

そう言いながら、今度はアランさんが私の手を握る。

「君から手を繋いでくれるとは思わなかったよ。誘ってみるものだな」

「あ、あの」

話しながら私の手を引いて歩き出したアランさんは本当にご機嫌な様子だった。私の戸惑いの声は聞かなかった事にしたらしく、中庭のほうを目指して歩き始める。

「せっかくだ、雪が本降りになるまで、さっき話していた雪ウサギでも作りに行こう」

「……ええ、そうね。その前にお茶用のお湯だけ沸かしても良い？」

「ああ」

そのお湯を使って淹れたお茶を飲む頃には、中庭に二体の雪ウサギが出来ているのだろう。

彼はどんなウサギを作るのだろうか。

「ウサギの目に使う硝子玉でも持って来る？　裁縫道具の中にあったと思うわ」

「そうだな、そうするか」

何色にしようか、と悩んで、にこにこと笑い続けるアランさんの顔を見る。

……彼の冬のような瞳と同じ色の硝子玉はあっただろうか。

そんな事を考えながら、彼と手を繋いだままゆっくりと廊下を進んだ。

あとがき

「もう興味がないと離婚された令嬢の意外と楽しい新生活」一巻をお手に取っていただきありがとうございます。

このお話を書き始める際、全体的に穏やかで優しいお話にしたいと思い書き始めました。

家の中という狭く閉じた場所で、家中に散りばめられた謎やどんどん増えるやってみたいことを楽しむヴェラ。そんな彼女がアランとの出会いを経て少しずつ世界を広げていく部分をメインにしております。

そのため、どろどろとした人間関係やギスギスした空気、怒鳴り合いのシーンなどはあまり出さないようにしました。

ヴェラは人前に立つことが本当に苦手で、考えすぎて緊張して足がすくんでしまうような、理解できる人とできない人の間で評価が分かれるタイプの女性かと思います。堂々と前に立つ事が当たり前に出来る人は、なぜできないのか、なぜ主張しないのかと苛立ってしまうかもしれません。

しかしそういったことを苦手とする分、変に突っかかってくることや張り合ってくることはありません。

相手の気持ちやその時欲しているものを察する力もあり、物語中のアランのように、傍にいると春の陽だまりの中でまどろむような心地よさを感じて、ほっと肩の力を抜くことが出来るような存在です。

あまり主張せず、目立たず、主人公というよりはひっそりと舞台袖にいるようなキャラですが、いなければ舞台が成立しないような細かく目立たない仕事を大量にこなしています。

一つ一つは小さくたいしたことのない、それこそ誰にでもできるような評価に関わらない仕事ばかりです。しかしそれらすべてをこなしていた人間がある日突然いなくなった時、はたしてその場所はこれまで通り上手く回るでしょうか？

それぞれのキャラにそれぞれの理由があり、時にすれ違いながら前に進んでいく様子を、そして穏やかに、けれど確実に変化していくヴェラとアランの関係を楽しんでいただけたら幸いです。

最後にこの場をお借りして、書籍化に至るまでの関係者様、イラストのさびのぶち様、そしてこの本やコミックスを手に取って読んで下さった皆様に、深く感謝申し上げます。

和泉　杏花

GAGAGA

ガガガブックスf

もう興味がないと離婚された令嬢の意外と楽しい新生活

和泉杏花

発行 2024年5月25日 初版第1刷発行

発行人 鳥光 裕

編集人 星野博規

編集 渡部 純

発行所 株式会社小学館
〒101-8001 東京都千代田区一ツ橋2-3-1
[編集] 03-3230-9343 [販売] 03-5281-3556

カバー印刷 株式会社美松堂

印刷 図書印刷株式会社

製本 株式会社若林製本工場

Printed in Japan ISBN978-4-09-461172-4